玉磨き

三崎亜記
Aki Misaki

幻冬舎

はじめに

時の流れは、誰にもとどめることができない。

無情であり、それゆえ平等でもある「時の経過」の洗礼を受け、後世へと残るもの、消え去るものは厳然と分かたれる。人のささやかな願いや、切実なる思いとはまったく無関係に。

だからこそ我々は、いつか消えゆくさだめを受け入れ、それでもなお、人の営みを記録し続ける。たった一つの記憶でも、誰かに受け継がれることを信じて。

我々自身が失われ、そして受け継がれゆく存在なのだから。

それではお読みいただこう。失われるために存在する、六つの物語を。

目次

装丁——bookwall
木彫刻作品——西浦裕太

玉磨き

そこに磨き出《いだ》されしもの

――「磨き」は「研き」であり、同時に「身欠き」でもある。心の入り様次第で、磨きは対象のみならず、磨き手自身をも研ぎ澄まし、疎《おろそ》かにすれば、たちまち自らを損なう。「磨き」は技術にあらず、反復にあらず。磨きこそは日常であり、日常なるが故に、たどり着けぬ無辺の境地である。


「嵌《は》め磨き」の技法を編み出し、衰退の一途を辿《たど》っていた格子硝子《ガラス》を復興させた許斐隆昌《このみたかまさ》は、『現代格子硝子考 ―歪《ゆが》みの美―』において、「磨き」をそのように語る。

蓑木《みのぎ》塗りの「錆拭《さびぬぐ》い」しかり、スグリ刃《やいば》の「一刀砥ぎ」しかり、「磨き」が一つの技術として定着した伝統工芸も数多《あまた》ある。

これから私が訪れようとしているのもまた、「磨き」の技術を極めた人物である。

◇

江見頭《えみがしら》集落への最寄り駅、「網越《あみこし》」に降り立つ。

五年前の市町村統合によって網越町は遠見分《とおみわけ》市に編入された。駅前は再開発によって、地方都市近郊にありがちな小ざっぱりとした駅とロータリーに改修されている。

かつての町役場は「遠見分東コミュニティセンター」に名称を変え、ここがもう地域の中心ではないことを控えめに主張していた。

ロータリーに設置された地図は、統合前からのものにシールを貼った応急処置でしのいでいた。雨風によって所どころシールが剝《は》がれ、かつての町名が見え隠れしている。

字の薄れかけた表示を見ると、これから向かう江見頭集落の名前があった。神社や古墳など、いくつかの「見どころ」とも言えぬ名所が案内されている。

だがそこに、「玉磨き」の文字はなかった。

◇

玉磨きは、江見頭集落に連綿と伝わる伝統産業という位置付けである。正確に言うならば、それは「産業」という名には相応《ふさわ》しくないかもしれないが……。

五年前に、最後の町史として編纂された『網越町史』の第六章「伝統産業」のページには、確かに玉磨きが掲載されている。

●伝統産業データ●

○名　　称　えみがし玉磨き
○草創時期　不明
○継承地域　江見頭地区
○従事者数　一名
○生産高　　―　円

江見頭集落までは、駅から歩いて二十分ほどだった。

取材で多くの伝統産業の継承地を訪ねるうち、目的地へと近づいたことは、看板などを探さずともわかるようになっていた。

それは、その産業独特の音や匂いによってだ。

機織りの地であれば織機の並び揃った機械音が、陶芸の地であれば電動ろくろの唸《うな》るような響きが私を迎える。醤油造りの町ならばもろみの匂いが、木工の町であれば切られたばかりの木肌の匂いが、鼻腔をくすぐるはずだ。

そうした伝統産業を担う地域に特有の音や匂いは、江見頭には存在しない。だが一時期、この地区にもある種の「音」が響いていたことがある。もっともそれは創造ではなく、破壊の槌音《つちおと》だったのだが……。

◇

玉磨きの唯一の担い手がいる高橋家は、江見頭集落の東の外れにあった。生業《なりわい》を示す看板は何も出されていない。実際私も表札を見落とし、一度通り過ぎてから引き返してきたほどに、普通の民家の構えであった。

作業場である「磨き屋」は、母屋の南東の角に張り出した形で設えられている。部屋の広さは四畳半程度と、お世辞にも広いとは言いがたい。もっとも、複雑な工程や道具が必要なわけではないので、それで充分なのだろう。磨き屋に床はなく、土がむき出しの土間になっている。

「すみませんねぇ、手が止められなくって」

担い手である高橋智弘（五十三歳）は、地面の上に筵《むしろ》を敷き、胡坐《あぐら》をかいた格好で作業を行っていた。愛想良く笑いながらも、一時も「磨き」の手を休めることはない。

「こちらが、『お玉さま』……ですか？」

その「もの」との距離の取り様がつかめず、私は及び腰になりながら、少し離れた場所で前かがみになった。

「触んねえようにしてくれりゃ、そんなに気を遣わなくってていいよ」

私は神仏に接するような恐れ多い気持ちで、「玉」へとにじり寄った。

「今日の『お玉さま』は、機嫌が良さそうだからね」

「そうですか……」

高橋が抱え込むようにして磨いているのが「お玉さま」だ。その名が示す通りの「玉」は、直径六十センチメートルほどで、見たところ歪みのない真球であるようだ。大理石を思わせる質感で、くすみを帯びた乳白色の表面には何の模様も浮かんではいない。磨き続けているためか、水に濡れたようにしっとりと輝いている。

「それにしてもさぁ、こんなの取材したって、記事になんねえんじゃねえの?」

おどけたように言って、高橋は人の良さそうな笑顔を向ける。滑《なめ》らかな玉の表面が、いっそう笑みを増してその表情を写し取った。

しばらく、彼の作業を見学させてもらう。

玉磨きにおける「工程」と呼べるものは、右手による「磨き」と、左手による「捏《こ》ね」。その二つだけだ。

「磨き」を行う布は、この地方特産のクザリの実より作られる。握り拳《こぶし》ほどの大きさの実を一ヶ月ほど水に漬けこんで繊維質だけを取り出し、編み込んだものだ。風呂で身体《からだ》を洗うために用いるウォッシュタオルを少し小型にしたような塩梅だ。

「磨き」の動作は、一見単調に見えて、実に多彩だった。

可愛い孫の頭を撫《な》でさするようであり、神器を取り扱う粛然たる所作にも見える。繊細であり、時に大らかであり、慈しむ女性の背中を這《は》わせる指のようになまめかしくすらあった。

左手による「捏ね」は素手で施され、右手とはまったく異なる動作によって構成されていた。

ピアニストの鍵盤の上での指の動きにも似て、指先だけをランダムに玉の表面に押し当てたかと思えば、一変して、陶芸家が粘土を捏ねるように強く揉《も》みしだいては撫でつけだす。

左右それぞれの手の動きは、素人眼には関連付けられているとは思えない。高橋の右半身、左半身に、それぞれ別の人格が宿っているようにも見えてくる。

「左手の『捏ね』には、どんな意味があるんでしょうか？」

「ああ、これはね、探してんだよ、痒《かゆ》いとこを」

「痒いとこ？」

「あんたも散髪に行ったら聞かれんだろ。痒い所ございませんかって？　玉は喋《しゃべ》っちゃくんねえから、その痒い所を、こっちで探してやるんだよ」

わずかに顔を上げ、いたずらっぽく笑う。彼なりの「わかりやすい表現」なのだろう。

高橋と玉との間に、どのような「交流」があるかは、どう取材したところで実感としてつかめるはずもない。だが、「磨き」という行為を通して、単なる人とモノ以上の結びつきがあることは確かなようだ。

「磨きのコツのようなものはあるんですか？」

もちろん何かを「磨く」という行為そのものは、特殊な技術ではない。誰にでもできる。だが、そこに磨き出されるものは違ってくるはずだ。酒造りの杜氏《とうじ》が、水を右にかき混ぜるか左にかき混ぜるかによって、酒の味が大きく変わってくるように。

高橋は、磨きに合わせて小刻みに首を振りながら、少し考える様子だ。

「誰でもできると思うよ。代わったことがねえからわかんねぇけどな」

もちろん他人が磨くことが許されるはずもないが、高橋は「よかったら、やってみるかい？」とでも言い出しかねない気安さだ。

◇

玉磨きがいつから行われているのか。つまりは、この玉がいつからここにあるかは、『網越町史』に記されるごとく、はっきりしてはいない。

高橋自身も、「いつからあるかなんて、考えたこともないねぇ」と言う通り、彼が生まれる前から玉はここにある。彼の祖父の、曾祖父のもっと前、顔も知らない昔の祖先の代からずっと。

資料を辿ると、「お玉さま」に関する最古の記述は、およそ二百年前の、『遠見別三国御領記』に見ることができる。


――えみがしの地に玉磨きあり。玉は古《いにしへ》よりこの地にありて、磨かるるを待つもの也。磨きを行ふは定まりし磨き師をりて、他の者、一切触るに能《あた》はず。磨き師は朝暮隔てなく玉に向かひ、ただ磨くのみ……。

つまり二百年前には、玉磨きはこの地に知られる産業として根付いていたということだ。時の領主、鉢菅忠光《はちすがただみつ》から、「磨きの業前《わざまえ》、三国に比類なし」とのお墨付きを頂戴し、免租を受けたという逸話も残されている。

もっとも、忠光公は治世よりも専《もっぱ》ら奇行によって世に知られ、領民からは疎んじられていた存在だったともいわれる。そのお眼鏡にかなったことが「誉れ」であったかどうかは、判断しかねるところではあるが。

◇

今回の取材を申し込むにあたって、趣旨は理解してもらえたものの、なかなか実現には至らなかった。今まで高橋は、こうした取材をまったくと言っていいほど受けていない。それは先程の「記事になんねえんじゃねえの」という発言に端的に表れている。玉磨きは、一般的に受け止められる「伝統工芸」とは、多少趣を異にするからだ。

第一に、生産物が何もないという点だ。もちろんそれは玉そのものと見なすこともできるだろうが、磨いた上でどこかに作品として出展するとか、商品として販売するということはない。何しろ玉は、この場所から一寸たりとも動かすことができないのだから。

それに、「磨き」には完成という概念がない。ただただ磨き続け、摩擦によって玉が擦り減り、なくなってしまうことそのものが、強いて言えば「完成」だろう。つまり、完成することによって「成果物」が失われるという、矛盾した状況にあるのだ。

その矛盾は、二十年前の『伝統工芸関連政策大綱』の報告書における扱いに、象徴的に表れている。そこでの「えみがし玉磨き」は、玉自体は工芸品として認定されておらず、磨きの行為のみが、特殊工芸技術という位置付けで登録されている。

とはいえ、「磨き」の登録にも紆余曲折があった。登録の要件である調査員による実地調査を、当時七人いた磨き師すべてが断ったからだ。不特定多数の来訪者を迎えていては、お玉さまが不安定になるため、普段から見学は受け付けていない。高橋が看板を出していないのも、そうした理由からだ。

結局、磨きの工程を家族がビデオ撮影して提出することによって、ようやく登録に至ったのだという。

成果品が何もなく、製造過程も直接見ることができない。つまり、「製造販売額」という産業データでも表に出ず、「来訪見学者数」という観光データにも表れない。伝統工芸として登録するメリットは、国にも自治体にも存在しない。

そうした意味で、玉磨きは特殊なのだ。高橋が取材を拒んできたのも、そこに由来していることだろう。訪れるまで、私はそう思っていた。だが話を聞くうち、理由は別の部分にある気がしだしていた。

「あんたも、歯を磨くだろ?」

簡潔すぎる一言に、彼の思いは集約されるだろう。

つまり、「磨き」という行為は、特別持てはやされるような技術ではない。日常生活での、歯を磨いたり、皿や窓ガラスを磨いたりするのと何ら変わらない。だからこそ取り立てて取材する必要もない。彼の簡潔で飾り気のない言葉は、そう語りかけるようだ。

しかしその言葉は逆に、「日常」なるものを振り返らせる箴言《しんげん》とも取れる。我々は、果たして真摯《しんし》に日々の暮らしを「磨いて」いるだろうか？　玉磨きを取材するくらいなら、もっと自分の日常を磨き、輝いたものにせよ。そう諭されている気にもなってくるではないか。

もっとも、私の解釈を披露したところ、当の高橋は、「そんな難しいこと、考えてないよぉ」と一笑に付してしまったが。

◇

磨き師の一日は、とても単調だ。

「磨き」↓「宿り待ち」↓「機嫌読み」↓「磨き」……の単純なサイクルが、二百年以上前から、十年一日のごとく続いている。

「宿り待ち」と「機嫌読み」の時間を除いては、一秒たりとも磨きの手が止まることはない。磨きは短くて十時間、長びけば三十時間近く続く場合もある。その間、高橋は一睡もすることなく、ひたすら玉と向き合うのだ。

「もし、磨きの最中に手を止めてしまったら、どうなります？」

取材にあたって下調べをしてはいたが、磨きを放棄した事例についての記述は見当たらなかった。それは、そうした事例が過去一度もなかったということなのか。それとも、磨きを止めても特段何も起こらないということだろうか?

「思っちゃみるけど、やろうとは思わねえなあ」

意思とは無関係に動き続ける装置でもあるかのように、高橋は右手に、自らと切り離されたものを見る視線を落とす。

「あんただって、車運転してて想像することあんだろ? ここで思いっきりハンドル切ったらどうなるだろうって。でも、やんないだろ。それと同じだよ」

「はぁ……」

「もっとも、こっちは磨きで忙しくって、免許取る暇もねえんだけどな」

そう言って、高橋は澄まし顔で笑った。

奥さんの紀子さんが、お盆を手にやって来た。おにぎりと、おかずが数品ついた食事が載せられている。

「ちょっと失礼して、めし食わせてもらうよ」

午前十時という中途半端な時間ではあったが、すべてがお玉さま次第という磨き師の生活ゆえ、食事が不規則になるのは無理からぬことだろう。

紀子さんは特に合図を送ることもなく、おにぎりやおかずを高橋の口に運び、時折お茶を飲ませる。無造作なようだが、決して磨きのリズムを崩さぬやり取りは、それすらもが一連の磨きの工程の一つに思えてくる。

「トイレは、どうしているんです？」

高橋は顎《あご》をしゃくって、自分の服を見るよう促す。作務衣《さむえ》風ではあるが、臀部《でんぶ》を覆う布が紐一つで外せるように工夫されている。この場で用を足せるようになっているようだ。

「つまり俺にとっちゃ、ここが仕事場であり、食堂であり、便所でもあるってことだな、うん」

冗談めかして言って、高橋はしたり顔で頷《うなず》いた。聞き飽きた冗談だとばかりに紀子さんは顔をしかめ、最後のおにぎりを高橋の口に押し込んだ。

彼も大変だが、支える家族の努力もなまなかなものではないだろう。先代高橋喜久雄永眠後の葬儀の最中も、高橋は玉を磨き続けていた。娘の泉さんの結婚式もまたしかりだ。冠婚葬祭など生きる上での節目すべてを高橋はここで迎える。ここで迎えるしかない。

もちろん、自身の結婚も。

◇

「結婚のこと？」

私の分もお茶を持ってきてくれた紀子さんに、馴れ初めを尋ねてみる。二人は見合い結婚だという。

「普通お見合いって、ホテルのレストランとかでしょう？　それがいきなりこの家に連れてこられて、その場所に座って、玉を挟んで引き合わされたんですよ。玉と見合いしてるんだか、この人と見合いしてるんだか、わかったもんじゃなかったわぁ」

高橋の対面を指差して、当時を振り返るように眼を細めた。

「この人を選んだ理由ねえ。そうねえ……」

結婚を決めたのは、紀子さんの方からだそうだ。彼女はふくよかな頬に手をあて、思案するように首をかしげる。

「この人の磨き続ける手つき見て、玉を磨くみたいに、大事にしてもらえるかなって、そう思ったのが決め手だったかねえ……」

「大事にしてもらっていますか？」

「さあ、どうだかねえ」

はぐらかす紀子さんに、高橋は肯定も否定もしない。あけすけに彼の前でそれが言えるということは、彼女の選択は間違ってはいなかったということだろう。

「最近家族旅行は？」と尋ねると、二人はとんでもないというように、揃って首を振った。

「そんなもん、行けるわけないよぉ」

高橋は日がな一日ここに座り、「宿り待ち」の時間以外は、玉の前を離れられない。携帯電話がある今では多少の遠出はできるようになったが、それもせいぜい駅前までだという。

それでも高橋の言葉は、悲壮な覚悟とは無縁だった。

「テレビで見たんだけどさぁ。今の人は過労死だの鬱病だのって、命まで削って働いてるそうじゃねえの？　少なくともこの仕事にゃ、嫌味な上司も、無理難題ふっかけるお客もいねえからなぁ……。もっとも、休みなし、給料なし、ボーナスなしって、ブラック企業も真っ青の仕事だけどな」

　自らオチをつけたというように、高橋は豪快に笑った。

――玉は常にそこにありて、動かす事能はず。

先述の『遠見別三国御領記』には、そのように記されている。

「動かせないというのは、不便ではないんですか？」

「そうさなあ、まあ、不便っちゃあ不便だけどよぉ……」

　一押しすれば転がっていくであろう目の前の玉が、彼にとっては不動の山のごとく見えているのであろうか。

「動かせねえモンってのは、いろいろあんだろ？　いくら人間様が主人公だって威張ってても、結局はその、動かせねえモンに合わせて、折り合いつけて生きてってるもんじゃねえの？　誰でもね」

　盤石なはずの人の社会生活が、天災や事故であっけなく基盤を揺るがされることを、彼は暗に皮肉るようだ。

「それにまあ、曾祖父《ひいじい》さんに比べりゃ、大したことはないからなぁ」

　高橋の曾祖父は、「磨き」の犠牲の一人でもある。七十二年前の『遠見別日報』に、その事件は記されている。

網越村字江見頭六五　雫石文蔵邸ヨリ未明ニ出火シタル火事ハ　折カラノ風ニヨリテ瞬ク間ニ近隣三家ニ延焼ス。消防隊ノ必死ノ消火モ空シク　江見頭六一　高橋千代蔵逃ゲ遅レテ死亡ス

たとえ火事であっても、玉は一寸たりとも動かせず、磨きも中断することはできない。結局、高橋の曾祖父、千代蔵は磨き屋の中で焼死体となって発見された。高橋の祖父は、まだ熱を持ったままの玉を磨き始めたという。自らの父親の焼死体がくすぶり続ける横で、磨きを受け継いだのだ。

「だからうちは、火の用心だけは、他の家以上に気を遣ってんだよ」

磨き屋を守護する四天王のように、部屋の四隅には消火器が鎮座し、天井にはスプリンクラーが設置されていた。

「もし今、火事になったら……」

口にしかけた質問をとどめた。取材対象の内面に迫るためには、時に相手を不快にさせる質問も必要な場合がある。とは言え、「曾お祖父さんと同じ事をしますか?」などと、尋ねられるわけもなかった。

高橋の磨きのわずかな摩擦音は、屋外どころか、磨き屋の外にすら響かない。だが、その一擦《こす》りが、二百年以上前の最初の磨きから連綿と続いているのだ。わずかな響きに託されたものの重

さを思う。

その音に、四十年前、この集落に響き渡ったであろう騒々しい「音」を重ねてみる。当時、磨きを受け継ぐことを運命づけられていた彼の耳には、どう響いていたのであろうか？

◇

四十年前、江見頭地区に七十六人存在した磨き師は、その後の五年間で、一気に十人にまで数を減らした。その発端となったのが、高橋家から五軒東隣の、秋山家における磨きだった。

伝統工芸の場ではどこも、後継者問題は切実である。特に玉磨きのように、売上が見込めるわけでもなく、補助金によって存続しているという心細さでは、親族に継がせることをためらってしまうだろう。

見学者も受け付けていない状況なので、弟子をとって修業をさせることもままならない。磨き手が一堂に会して話をする機会もないため、組合も作れず、磨き師同士の結束は強いとはいえない。担い手の育成などできるはずもなかった。

秋山家では、後継者の目処《めど》がつかないまま、磨き手である秋山忠勝が高齢となり、もはや磨きの手も覚束なくなっていた。

苦渋の決断として秋山が導入したのが、研磨機であった。

それまでの何十年をあざ笑うかのように、お玉さまはあっけなくその身を縮めていったという。

研磨を始めてわずか五日で、秋山家の磨きは幕を閉じた。

発端は止《や》むにやまれぬ事情であったが、時は高度成長期、物事すべてに効率と合理性が求められた時代だ。生産性など度外視の玉磨きが、未来へと受け継ぐべき技術として顧みられることはなかった。

秋山家を皮切りとして、一軒、また一軒と、研磨機を導入する磨き師が増えていった。

それから四十年、それぞれの抱える家庭の問題や、将来性への不安などから、高橋家以外のすべての磨き師は研磨機を導入し、その一代で磨きを終えたのだ。

高橋はポツリポツリと、当時の様子を語ってくれた。

「あの当時は、俺はまだ中学生だったかな。なんだか町じゅう騒がしかったよ。毎日工事でもやってるみたいでな」

「騒がしかった」のは、単に研磨機の巻き起こす騒音の話だけではないだろう。当時、近隣の「磨き急ぐ」音が聞こえないかのようにゆっくりと磨き続ける先代の姿を見て、若く未来ある高橋の心がざわめかなかったと言えるだろうか？

高橋の言葉には、他の磨き師と同じ決断をしなかったことへの後悔を感じさせる湿り気はない。だがそれは、「過ぎ去ったこと」として、彼が故意に風化させてしまったからではないだろうか。そんな邪推も浮かんでくる。

「いやあ、うちは貧乏だったから、研磨機買えなかったんだよぉ」

導入しなかった理由を尋ねると、高橋は苦笑いと共に首を振った。

　二百年変わることなく続いた玉磨きの手法。それを逸脱した研磨機を導入した磨き師たちに、特段の不幸が訪れたという噂もない。だとすれば、高橋に使用をためらわせる障害は何もないはずだ。

「今からでも、使う気はないんですか？」

　取りも直さず、この終わりなき日々から、「解放」されたくはないのか、という問いであった。高橋は、少しだけ首を傾《かし》げる。自問するようでもあり、玉に向けて尋ねているようでもある。

「今の俺の磨きが完璧だってえのは、思っちゃいないけどね……」

　玉を遥か遠くに仰ぎ見るように、高橋は目を細めた。

「もちろん、研磨機での磨きの方が、お玉さまが喜ぶってんなら、すぐにでもそうするけど、今んとこは、変えるつもりはねえなあ」

　自らの答えが充分なものであったかをうかがうように、高橋は唇をすぼめて玉と向き合う。そうした「柔軟なる頑固さ」は、技術を受け継ぎ、新たな技の息吹を吹き込む、「匠」と呼ばれる者に共通のものだろう。

「俺も親父の磨きを見て育ったから、自分がまだひよっこだってのは自覚してるよ。先代の域に近づいて、それを超えて……。そんな自信が持てるようになったら、研磨機使ってもいいかもしんねえなぁ」

◇

訪れてから三時間ほど経《た》っただろうか。一瞬たりとも止むことのなかった磨きの動作が、次第に緩慢になる。

腹痛を起こした子どもに添い寝した母親が、我が子の安らかな寝息を確認して、お腹を撫でる手をゆっくりと止めるように。慈しみ深く、そしていたわりに満ちていた。

そんな優しい挙措ではあるが、激しい磨きの際以上に張り詰めた緊張が感じ取れ、うかつに声をかけることができない。

高橋は玉に手を置いたまま、ついには玉と一体化してしまったように動きを止めた。永久機関のごとき磨きが止まったことで、空間そのものがその瞬間で凝固させられたかのようだ。酸欠を起こしたような息苦しさに襲われる。

「お玉さまぁ、お移りなさいましたぁ！」

高橋の声が、吟じるがごとく朗々と響き渡る。それでようやく、磨き屋は時を取り戻した。床についた手で身体を押し下げるようにして、高橋が玉から遠ざかる。娘の泉さんがやって来て、入れ替わりに磨きの位置に座を占めた。

お玉さまの中に「宿りしもの」は、常に入れ替わると考えられている。磨きとは、お玉さまを磨く行為であると同時に、「宿りしもの」を磨いているのでもある。

高橋の磨きによって、「宿りしもの」は満足して、玉から離れる。玉は新たな主が宿るまで、「宿り待ち」の状態となる。

宿り待ちは、高橋が作業中に玉の前を離れることができる、唯一の時間であった。新たな「宿り」が五分後なのか、それとも三日後なのかは、誰にもわからない。その間、泉さんが玉を見守ることになる。

「せめて、『宿り』の時間がわかってりゃあ、旅行に行ったりもできるんだけど。これぱっかりは、お玉さまの機嫌次第だからなぁ」

大きく伸びをして、高橋は隣の部屋に用意されていた布団に横になった。たちまち鼾《いびき》が聞こえだす。無理もない、前回の宿りから二十時間、一睡もすることなく磨き続けていたのだから。

磨き屋からは、物音一つ聞こえない。だが、張り詰めた気配が伝わってくる。少しだけ開いた扉の隙間から、宿り待ちの様子をうかがう。

泉さんは玉に手を出そうとはしない。むしろ、決して玉に触らぬ意志を示すように、指先を自らの脇の下に挟む独特の腕組みで、睨《にら》むように、見守るように、玉を見据えている。あらゆる変化の兆しを見逃さず、引き金を引く瞬間を待ち構える猟師のようでもあった。

◇

宿り待ちの最中は、玉が最も不安定になる。宿りし者が抜けて、「空屋」となった玉は、鍵の閉まっていない金庫のようなものだ。少しでも気を抜くと、「曲がり者」と呼ばれるやっかいものに居つかれてしまう。

私は影響を与えぬように高橋家を離れ、江見頭集落を一回りしてみることにした。

地方都市にはありがちな、古くからの民家と新建材の住宅とが混在した雑多な街並みを歩く。通りに人通りは少ない。この地域の発展と衰退のシーソーがどちらへ傾いているかは、よそ者であっても実感できる。「時間が止まった」わけでも「時間に置き去りにされた」わけでもない。時の流れという現実に忠実であっただけだ。この国の多くの地方都市と同じように。

磨き続ける高橋と、研磨機で磨きを終えた他の磨き師たちは、どちらが時の流れに忠実であり、どちらが抗《あらが》ったのであろうか?

集落には、磨き屋を残したままの家も数軒ある。

研磨機を初期に導入した家々は、もう四十年近くが経過していることになる。中には、家業が玉磨きであったことすら知らない若者も存在するという。

玉磨きは五年前から、国の伝統産業育成事業の補助対象から外れている。つまりそれは、継承者が高橋一人になってからのことだ。

例えば野生生物の保護であれば、その残存数が減れば減るほど保護は手厚くなってしかるべきであろう。だが、伝統産業の保護という観点からは、希少性故の問題点もある。

当時の文化芸術庁の検討資料には、「一軒のみしか継承していない伝統産業に、補助金を投入することの是非」が議論された経緯がある。その結果としての、補助対象からの除外だった。

「私企業」の経営を、公的機関が援助するわけにはいかない。確かに筋は通っている。だがそれにより、本当に支援が必要な場所には、支援の手は施されないという矛盾が生じている。

そんな理由で国からの補助金がカットされた高橋家は、遠見分市の伝統工芸、「張り子玉づくり」の派生技術という位置付けでかろうじて市の補助金を獲得し、細々と磨きを継承しているのだ。

◇

数人の「元磨き師」に取材を断られた後、一人の男性に話を聞くことができた。

「高橋にゃあ、申し訳ないとは思ってるよ」

自宅の玄関前でインタビューに応じてくれた男は、煙草のせいばかりではない、いがらっぽい声で言葉を押し出した。

「もし今も、ご自宅にお玉さまが残っているとしたら、やはり研磨機を使いますか？」

高橋の誠実かつ実直な磨きを見学した直後でもあり、私の心は反研磨機側に大きく傾いていた。

彼は長い間沈黙していた。手にした煙草が少しずつ短くなり、耐えきれぬように灰が落下する。

「わかんねえな……」

誤魔化している風でもなく、重いため息と共に言葉を漏らす。

「俺は親父が早くに死んじまったからな。一番遊びたい盛りだったもんだから、不満もあったさ。

もうちょっと人並みの楽しみを味わってから受け継ぎたかったたってな。だから、磨きが終わってほっとしたのは確かだよ。今はちゃんと土日には休めるし、息子に継がせる心配もいらねえしな」

彼は今、郊外の工業団地で、工場でベルトコンベアに乗って流れてくる缶詰の製品検査をしているという。玉磨きとは似ても似つかない。

「だけどたまによ、仕事帰りにパチンコなんか打ってると、右手が勝手に磨きの動きをしてる時があんだよな。もう、磨き終えて二十年も経つってのによ」

自嘲を含んだ眼差《まなざ》しを、自らの右手にそっと落とした。

「磨いてる時ってのは、そりゃあ単調でつまらんもんさ。だけどな、時々あるんだわ。ランナーズハイって言うの？　そんなのに入りこんじまう時がさ。まわりに何もなくなってよ。雲の上に俺と玉だけが浮かんでるって感覚よ。わかるかな？　年に数回もねえよ。玉に宿ったお玉さまと、磨きの相性がぴったり合った時にさ。その感覚だけは、磨きをやった者じゃねえとわかんねえんだ。あれはもう、二度と……」

言葉はそれきり途切れる。彼の右手は、ありもしない玉を磨くように、優しく揺れていた。私の注目に気付いた彼は、汚れでも拭《ぬぐ》うように右手を何度もジーンズに擦りつけた。

「まあ、終わったことをあれこれ言ってもしょうがねえやな。どんな決断にも、後悔はつきまとうってことだろうな」

私は礼を言って、最後に、彼が十年間玉と向き合った磨き屋の跡を見せてもらった。部屋は今も物置にもされず、すぐにでも磨きが再開できそうだった。彼の抱き続ける葛藤を、この部屋が無言のままに表すようだ。

中央に鎮座していたであろうお玉さまの姿を思い描き、私はそっと黙礼した。

◇

六時間ほど時間をつぶして戻ると、高橋は睡眠を終えて休憩中だった。どうやら新しいお玉さまは、まだ「宿って」はいないようだ。

高橋は畳の上に涅槃仏《ねはんぶつ》のように横たわり、寛《くつろ》いだ様子だ。

「曲がり者に宿られたことはあるんですか？」

彼は起き上がり、まだ眠気がうまく追い払えないというように、大儀そうに頭をかいた。

「俺の代では、まだ二回、かな」

一回目は、高橋が先代から磨きを受け継いで二年後。二回目は今から五年ほど前だという。

「大変だったよ。最初ん時は中途半端な入り方だったから三日で出て行ったけど、二回目はがっつり入り込んじまってたからなあ……」

「どれくらい時間がかかりましたか？」

「二週間、一人で磨き続けたよ」

すでに風化した事件を振り返るように、言葉は乾いていた。

「では、睡眠はどうしたんですか？」

トイレや食事はどうにかなるだろうが、睡眠だけは如何《いかん》ともしがたい。通常の磨きは最長でも三十時間ほどであるから、なんとか眠らずに済ますことができている。しかし二週間ともなると……。

「寝ながら磨いてたらしいよ。もっとも俺は朦朧《もうろう》として、覚えちゃいないけどな」

「大変でしたね」

「そりゃあね。でもなぁ……」

高橋は胡坐をかいたまま後ろ手をついて、天井を見上げた。なぜだか、懐かしげな表情を浮かべている。

「あんたも経験ないかい？　ひでぇ目に遭ったってそん時は思うけど、後になってみると、強烈に心に残って離れないってことがよぉ？」

「そうですね、言われてみれば……」

仕事柄、旅先でのエピソードには事欠かないが、懐かしく思い出すのは順調な旅ではなく、トラブルに見舞われた時のことばかりだ。

「もちろん、まっぴらごめんって思ってるよ、曲がり者なんてよぉ。俺も家族もボロボロになっちまうからな。だけどよぉ、あのいつ終わるとも知れない格闘する感覚ってのはなぁ……。敵のはずなのに、なんだか一緒に戦ってる気になってくるんだよ。昔の武士の真剣勝負ってのも、そんな感じだったんじゃねえのかな？　寿命は縮まるけど、もう一回味わってみたい気もすんだけどなぁ」

高橋の右手は、先程インタビューに答えてくれた男のように、畳の上で優しく揺れていた。

「もし、曲がり者に入られた玉を放置していたら、どうなるんでしょうか？」

高橋は畳の上で仰向《あおむ》けになり、大きく伸びをした。

「さぁなぁ……。何もないかもしれないなぁ」

あっけらかんと、彼は言ってのけた。

「でも、誰だってそうだろ？　自分の仕事一つで世界がガラリと変わるなんて思っちゃいない。自分の代わりなんざいくらでもいるって。それでも、誰かがやんなきゃいけないからやってる……。そんだけさ」

その言葉は、自分自身に言い聞かせるもののようでもあった。

雑談しながらも、彼は時折気配を探るように、磨き屋へと耳をそばだてていた。

「気になりますか？　玉の様子が」

「いや、そんなわけじゃ……」

好きな子を言い当てられた子どものように、高橋は少し慌てふためき、ばつが悪そうに笑った。

「おかしな話だけどよ、家から離れりゃ離れるほど不安になってくんだよ。玉は大丈夫かなって……。宿り待ちの間しか離れられねぇんだから、他のこと考えてりゃいいのによぉ」

他人の癖でもあげつらうように、皮肉めいた表情を浮かべる。

「曾祖父さんのこと、さっき聞こうとしてたよな？　俺も同じことすると思うよ。多分ね」

高橋は再び瞑想するように眼を閉じた。「多分ね」というそっけない言葉が、しばらく私の中に漂い続けていた。

◇

「お玉さまぁ、お宿りなさいましたぁ！」

泉さんの声が磨き屋から聞こえて来たのは、「移り」から八時間ほど経過した頃だった。

高橋はやおらむっくりと起き上がった。大きく伸びをして、登板するピッチャーのように腕を回しながら、磨き屋へと戻る。

「さぁて、機嫌読むかぁ！」

泉さんと入れ替わった高橋は、自らに言い聞かせるごとく、玉に向けて語りかけるごとく、独特の節回しで誦《じゅ》する。磨きの体勢で胡坐をかいたが、磨きだそうとはせず、玉に額がつかんばかりに顔を寄せる。玉の表面に焦点も合わないだろうその距離は、玉の内に宿るものの正体を探ろうとしているようでもあった。

五分ほどそうしていただろうか。高橋は胡坐を組んだまま、腕で身体を背後に押し戻すようにして玉から身を離し、玉の全体を視野に収めた。蓮の葉の上の蛙のように、伸び上がったかと思えば、平伏するように体勢を低くして玉を仰ぎ見る。

機嫌読み。それは玉と高橋との、無言の対話であった。新たな玉の宿りし者が、どんな磨きを望んでいるかを見極めているのだ。

　磨きの再開まで、しばらくかかりそうだ。泉さんの退出に合わせて、私も磨き屋を出た。機嫌読みについて尋ねてみる。

「そうですねえ、機嫌読むっていうのは、説明しづらいんですけど……」

　彼女は、少し考えるように鼻の頭を掻《か》いた。

「新しく宿ったお玉さまって、生まれたての赤んぼうと一緒なんですよ。なんでぐずってるかな？　おしめかな、おなかすいたかな、熱があるかなって……おろおろして、なだめすかして、あやして、そして一緒に喜ぶ。赤ちゃんは何も喋れないけど、そのうちわかるようになるでしょ？　そんな感じかなぁ」

　伸びやかに育ってきたことを感じさせる彼女は、玉磨きの家に生まれた境遇を、どう受け止めているのだろう。

「小学生の頃なんかは、うちが玉磨きやってるってわかると、よく男の子にからかわれたから、嫌だったけどねえ」

　台所で洗い物を始めた泉さんは、うっすらと頰を赤らめる。

　戦前までは、玉磨きは性的な意味合いを象徴するものとして、一種いかがわしい視線がつきまとっていた。江見頭地区に住む七十代以上の男性は、いわゆる「筆おろし」を「玉磨き」と呼んでいたという。子どもというのは、そうした大人のニュアンスを敏感に感じ取るものだ。

「玉磨きを受け継ぐ覚悟は、もうできているんですか？」

彼女は高橋の一人娘だ。既に結婚しており、夫である亮一さんは近所の工務店に勤めていた。磨きを継承する弟子がいない以上、彼女は磨き師になることを運命づけられている。女性の磨き師は、高橋の家系では五代さかのぼった高橋千代女以来のこととなる。

「う～ん……、どうだろう？　普通の人が、家業を継ぐ感覚と一緒じゃないのかなぁ」

鍋のこげを落とすタワシに力を込めながら、彼女は気負いも感じさせない。

「でもまあ、女だからこそできる磨きってのも、あるんじゃないのかな……っては、思ってる、けどね」

彼女はいずれ担う磨きを誇るように、少しだけ胸を張った。洗い物を終えて手を拭いながら、打ち明けるようにはにかんだ微笑《ほほえ》みを浮かべる。

「それに、後継ぎも、ここにいるしねぇ」

少しだけ膨らみの目立ち始めたお腹を撫でる。高橋が玉を磨く動作と同じく、慈しむように優しく。

いずれ彼女も磨きを受け継ぐ。高橋が事切れたその瞬間に。

磨きは途切れない。一瞬たりとも。

◇

機嫌読みを終え、磨きを再開した高橋だったが、前回とは動きのリズムががらりと変わっていた。

左手の捏ねは前衛的なピアノ演奏を思わせ、小刻みかつ縦横無尽に、玉の表面を行きつ戻りつしている。時折、感電したかのようにビクリと肩を震わせて手を離すのは、新たに宿ったお玉さまが反発しているからだろうか？

相反して、磨きは殊更に慎重だ。傷一つ付けられぬ宝飾品の埃《ほこり》を拭う動きにも似て、恐る恐るといった印象だった。かと思うと、まるでぱっくりと開いた傷を塞《ふさ》ごうとするかのように、一ヶ所を念をこめて押さえ込む。

先程までとは段違いの緊張が伝わってきて、話しかけることができずにいた。高橋は、化学変化の瞬間を見極めようとするように、玉から一瞬たりとも目を逸《そ》らそうとしなかった。

「今度のお玉さまは……、ちょっと性格荒い……みたいなんで、少しおさまるのに……時間がかかるみたいでね。まあ……、さぐりさぐり……」

忙《せわ》しなく左手を動かしては、それすらもリズムを乱すとばかりに、とぎれとぎれに唇の端から言葉を発する。

「おさまる」とは、お玉さまが磨きに満足して気持ちを鎮めるという意味での「治まる」であり、納得して玉の中に安住する「収まる」でもあるだろう。左手はまるで、見えない病気の兆候を探り当てようとする医師の聴診器のようでもある。

私の目からは、今の玉と、「移り」の前の玉に、なんら違いを見出すことはできない。だが高橋は、まるで土壇場だとばかりに、まなじりを決して玉と格闘している。

「来いよ……、来いよ……。来るか？　よーし……」

切羽詰まった、祈るような言葉が漏れる。だが私は、高橋がその状況をむしろ楽しんでいる……という言い方が悪ければ、玉との攻防に醍醐味を感じているようにも思えた。

◇

一時間ほど、試行錯誤を思わせる様々なバリエーションが繰り出された後、ようやく、新しいお玉さまにあつらえの、磨きと捏ねがつかめてきたようだ。再び、玉と高橋の、（見る者からすれば）単調で、いつ終わるとも知れない「対話」が始まる。

これで、「えみがし玉磨き」の工程すべてを見終えたことになる。私は、用意していた最後の質問を、高橋にぶつけてみた。

「磨きだしてから、この玉はどれぐらい縮んだんですか？」

高橋が先代から磨きを受け継いで、もう三十年近くが経とうとしている。その「成果」はいかばかりだろうか？

「いやあ……」と、高橋はなぜか照れたように首を振った。

「測ったことがないから、わかんねぇなぁ」

予想していたのと寸分違わない答えであった。

お玉さまは写真を撮られることを嫌うので、大きさの変遷を比較する手段もない。二十年前に国に提出されたビデオも、映っているのは磨き師の姿だけだ。

『遠見別三国御領記』には、その大きさは「ひと抱えほど」と表現されている。二百年経った今、玉は依然として「ひと抱えほど」だ。伝統的な磨きの手法によっては、玉は擦り減ることはないのだ。研磨機でも使わない限りは。

「劫《ごう》」という、宗教的な時間単位がある。百年に一度、天女が天から舞い降りてきて巨岩を羽衣でそっと擦る。百年に一度の一擦りの積み重ねで巨岩が擦り減り、なくなってしまうまでの時間が「一劫」だ。高橋の一磨きは、そんな天女の羽衣の一擦りのようにも思えてくる。

いくら磨いても、玉には何の変化もないとしたら、磨き師の存在意義とは何だろうか？　達成感や目標というものは、どんな仕事にも不可欠なものだ。だが高橋の磨きは、それら一切を否定している。いや、「問題としていない」と言った方が適切かもしれない。

「深く考えたことはねえなあ。それが仕事だからね」

相変わらず高橋の言葉はそっけない。冒頭に記した「研き」や「身欠き」の話をしても、彼は取り合おうともしないだろう。

一年後、十年後に訪れたとしても彼は、今日とまったく同じ場所で、同じ姿勢で、玉と向き合い続けている。それは「変わり映えしない」でもあり、「変わることなく」でもある。

「すまないね。構えなくって」

高橋は磨きの手を休めることなく、少しだけ頭を傾けてお辞儀をした。玉に映った彼の表情が、丸みによっていっそう円熟な笑顔となって、私を見送っていた。

磨き屋を辞し、私は駅へと歩いた。

時刻はもう夜の十時を過ぎていた。一日の仕事を終え、帰宅の途につく人々とすれ違う。疲れた顔で家路を急ぐ姿を見るにつけ、「労働」というものの根源的な意味合いに思いを馳せざるを得ない。

「産業」とは、取りも直さず、何ものかを「つくりだす」ことだ。だが、高橋は何もつくりだしてはいない。

それでは逆に、我々は何かを「つくりだしている」だろうか？　本当の「必要」は遠く置き去りにされ、我々は、「消費のための消費」をしているに過ぎない。次の世代に受け継がれるものなど皆無であろう。

そこに磨き出されるものは何だろうか？

我々が意味もなく、日々靴の裏側を擦り減らすのと、高橋が玉を磨き続ける行為と、どれだけの違いがあるだろうか？　違いは、大きいようにも、小さいようにも思える。

高橋に尋ねればきっと、「そんな難しいことはわかんねえよ」と、はぐらかされるのがオチだろう。正しい答えなど存在しない。だとしたら、答えが必要な人間と、必要でない人間と、果たしてどちらが強いのだろうか。どちらが幸福なのだろうか。

只見通観株式会社

制御された空回り

大都会を走る通勤電車であるにもかかわらず、どんなに混雑していようが、三十分も乗らないうちに必ず座ることができる。そんな鉄道はあるだろうか？

なぞなぞを出題しているわけではない。

正解は、首都環状鉄道。一周乗り通すとちょうど一時間だが、半周以上乗る通勤客などいるはずもないので、一人の乗客に目をつけて前に立っていれば、必ず座席にありつけるはずだ。もっとも実際には、座席が空く前に自分自身が降りてしまうことの方がほとんどだろうが。

もし環状鉄道に乗ったサラリーマンが、毎朝ぐるりと一周乗り続け、同じ駅で降りて会社に向かうとしたら、その一時間は、「通勤」とは言えないだろう。だが、郊外の住宅地から毎朝一時間かけて通勤するとしても、費やした時間の「無意味さ」という点では同質だ。

その「無意味」に意味を持たせようとした交通機関が、今回の取材対象である。

◇

東都緑沢駅。

首都圏に住む人間ならば、名前は知っているけれど、実際その地に用があって電車を降りた記憶はない。そんな場所だろう。私自身も、車窓から駅名標や街並みを眺めたことは何度もあったが、降り立つのは初めてだった。

駅前で地図を確かめ、「通観線緑沢東駅」に向けて歩き出す。繁華街に背を向け、高架をくぐった先は、商店街とも住宅街ともつかない中途半端な街並みの一角であった。

緑沢東駅の駅舎は、そんな風景に見事に溶け込んでいた。簡素なコンクリート造の建屋に駅名が表示されているが、隣のカラオケ店の看板の方がよほど目立っている。

「次の列車は……」

券売機横に掲げられた時刻表を確認しようとして、指が止まる。果たしてそれは、「時刻表」と表現してもいいのであろうか？

一般的な時刻表は、一時間ごとに区切られ、列車の発車時刻が並んでいる。目の前の表にも確かに、始発の六時台から終電の二十三時台までの升目がある。しかしどの時間帯も、「この間、随時」と記されているばかりだ。時刻表としての要件を満たしていない。

「とにかく、乗ってみるか」

首都圏で使用可能なＩＣ乗車券には対応していないので、切符を購入する。券売機も簡素なつくりだ。全線一律料金なので、「一人」「二人」「三人」と、人数選択ボタンだけが並ぶ。私は遊園地の遊具に乗るような気分で、「一人」のボタンを押した。

吐き出されたペラペラの切符を頼りない思いで握り、周囲を見渡す。観光ポスターや、お得な乗車券のお知らせなどのチラシもなく、商売気というものをまるで感じさせない。

改札で駅員に鋏《はさみ》を入れてもらい、数段の階段を上って、ホームに立つ。ホームは駅舎と同じだけの長さしかない、短いものだった。

待つ間もなく、私の乗る「車両」が、ゆっくりとホームに進入してきた。もっとも、駅に着いたから速度を落としたというわけではなく、車両は常に一定速度で動いている。

ホームに立つ駅員が、客の乗車を補助する。扉は手動で、駅員が外から開けてくれる方式だ。「どうぞ」と促され、私は動き続ける車両に、タイミングを計りながら乗り込んだ。

◇

一車両の定員は「四人」と少ない。同乗者は、男性二人に女性が一人。空席に座ろうとすると、隣の男性がわずかに腰を浮かせて座る位置をずらし、「どうぞお座りください」と無言でアピールするのも、普通の通勤電車と変わらない。ちょうど、郊外型通勤列車のボックス席だけを切り取ったような塩梅だ。

乗客たちはそれぞれに、通勤時間の過ごし方を決めているようだ。隣の男性は肩幅の範囲が自らのテリトリーとばかりに、中途半端に経済新聞を広げている。対面のＯＬは寝不足なのか窓に寄りかかってうつらうつらしており、その横の若いサラリーマンは、イヤホンと参考書で語学習得に余念がない。

通観線はどんなに混雑する時間帯でも、立席での乗車を認めていない。乗客は乗車時間を憩いのひと時や、朝の充実した時間の一部として組み込んでいるようだ。

乗り心地は、可もなく不可もない。座面には簡素なクッションしかなく、背もたれはクッションすらないプラスチック素材だが、運行スピード自体がゆっくりなので、苦痛に感じることもない。

頭上でモーター音が響く。車両を動かす動力源であろうが、天井にあるとは珍しい。時折、車両に揺れが生じ、他の通勤手段にはない独特な乗り心地であった。電車であれば、駅の手前のポイントなどで左右に揺さぶられることがあるが、通観は前後への波のような揺れだ。船に乗っている気分になる。

五分ほど乗車しただろうか。車内アナウンスはなかった（そもそも車内にそうした設備はない）が、下車予定の「緑沢西駅」が近づいたことがわかった私は、降車ブザーを捜した。バスのような下車方式であることは、事前に調べていた。

ブザーは車内に二つあった。私が乗車した側の扉脇のブザーには「東駅下車」、反対側には「西駅下車」の表示がある。私は乗客ごしに、「西駅下車」に手を伸ばした。

隣の男は無言で新聞を避けながら、少し不審げに私を一瞥《いちべつ》した。「乗車マナー」を間違ったかと不安になったが、すぐに車内は、都会の無関心の場となった。

降りる際もまた、車両はスピードを緩めない。西駅の駅員が乗車時とは逆側の扉を開き、「降車の方、どうぞぉ」と促した。乗車し続ける人たちに「すみません」と断って、中腰のまま出口の扉に向かう。それぞれが膝をずらして、私の通るスペースを空けてくれた。

動き続ける車両からホームに降りる。降り立ったのは「通観線緑沢西駅」。この路線には、東駅と西駅の二駅しか存在しない。「乗車」というにはあまりにも短く、何とも物足りない気分ではある。

東駅と双子のように似通った西駅の駅舎を出て、私は歩いて、元の東駅に戻ることにした。通観の路線を回り込むように歩いて、ちょうど二十五歩。私は元の東駅の前に立っていた。列車はぐるりと一周して、ほとんど同じ場所に戻っていたわけだ。

それも当然だ。私が乗ったのは、「通勤観覧車」なのだから。

◇

「乗車」を終えて、私は改めて、少し離れた場所から、通勤観覧車、略称「通観」を見上げた。

通勤観覧車は、国の鉄道区分によれば第六種、「特定目的鉄道事業」に分類されている。この分類に属する乗り物は、通観しかない。逆に言えば、通勤観覧車を鉄道事業に組み込むために、この区分が設けられたということだ。

「観覧車」という視点で見れば、通観はとても小規模なものだ。最近の遊園地やテーマパークにある、ゴンドラ数が百以上もあり、冷暖房完備の最新型とは比べるまでもない。

台座のコンクリートに銘板が据えられていた。つくられたのは十二年ほど前のようだ。少し意外な気がした。もう何十年も前から回り続けているように、街の風景に馴染《なじ》んでいたからだ。

見上げるうち、違和感が芽生える。私の知る一般的な観覧車とは、微妙に形状が異なるようだ。それは、観覧車をぐるりと囲むように円形に組まれたレールの存在だ。合計十六基ある車両(=ゴンドラ)を支える屋根には小さな車輪がある。同じく屋根に設置されたモーターが車輪を回転させ、レール上を車両が移動することで観覧車が動く仕組みになっているようだ。それが観覧車の特殊な形態なのか、それとも通勤観覧車に限ったものなのかは、判断がつかなかった。

通常の観覧車と違うのは、乗客もまたしかりだ。普通なら一回転したら強制的に降ろされるだろうが、通観では何周乗っていてもいいらしい。さきほど同乗の客たちが不審げな表情を向けたのも、私が「たった一周」で降りようとしたからだろう。

乗客は、東駅側からが七割、西駅側からが三割といったところであろうか。東駅から乗った乗客は西駅側で降り、逆に西駅からの乗客は東駅で降りているようだ。

西駅→東駅という乗車の仕方を、一般の路線で言う「上り」とするならば、東駅→西駅は「下り」となるだろう。だがゴンドラ内には、両駅から乗った客が混在している。「上り」と「下り」の乗客が同時に乗り合わせているのだと考えると、頭が混乱してくる。

通勤観覧車と銘打ってはいるが、これは果たして「通勤」と言えるのであろうか?

◇

通勤利用のピークを越えた頃を見計らい、取材である旨を断って、東駅の駅員にインタビューを試みる。

「乗客は、毎日決まっているんですか？」

「うん、ほとんど変わらないねえ」

手にした鋏をリズムを取るように小刻みに操りながら、駅員は気のない返事だ。

「何周も乗っている人もいるようですが？」

「五周乗る人は五周。三周乗る人は三周……。もっとも、遅刻しそうな時はいつもより少ない回数でみんな降りますけどね」

つまり五周乗る乗客にとっては、その五周が、「通勤時間」というわけだ。

「ほら、今てっぺんの車両に、灰色の背広の男性がいるでしょう？　あの人なんか会社の重役さんで出勤も遅くていいから、毎朝十周乗ってますよ」

一周五分としても五十分だ。重役とも思えない「長距離通勤」になる。

「この人たちは、仕事帰りにも乗りに来るんですか？」

駅員は鋏のリズムを乱れさせ、怪訝《けげん》な顔をする。

「通勤する人ってのは、だいたい行きも帰りも同じルートを通るでしょう？」

「ええ、それはそうですが……」

意図をうまく伝えられず、私は口ごもってしまった。

「だから、行きだけ乗って、帰りに乗らないと、気持ち悪いって言ってね、終電に間に合わなかった時には、自分が乗る周回分だけ、通観の前で時間をつぶすってお客さんもいますよ」

乗客たちは、この奇妙な交通機関を、「普通に」乗りこなしているようだ。普通であることが奇妙になるという矛盾した状態で、ではあるが……。

◇

●只見通観株式会社

○社長　只見　昌弘
○従業員数　三百三十六名
○資本金　三億八千万円
○路線数　三十二路線

只見通観は、その名の示す通り、通勤観覧車（通観）に特化した会社だ。通勤観覧車の企画、設計、製造、販売、設置、運行のすべてを一社で請け負う。首都圏北部の工業団地の一角に、工場と事務所を併設している。国内に営業所を四ヶ所もち、全国での受注に応じる。

事務所を訪ねた私は、女性事務員から社長室へと案内を受けた。

「まもなく社長が参りますので、しばらくお待ちください」

少し早く訪れたせいか、社長はまだ席を外していた。私は出されたお茶を飲みながら、社長室を見渡した。

風変わりな商品を開発する会社を興した人物にも、数多くインタビューしてきた。「社長室」という空間は、人となりを如実に表すものである。部屋の様子から社長の人物像を類推するのは、私のささやかな楽しみだった。

——どんな人物だろう？

観覧車と通勤という、メルヘンと実用とを結び付ける夢想家だろうか。はたまた、発明家肌の変わり者だろうか？

来客用のソファや社長の執務机などの調度は、寛《くつろ》ぎや豪華さよりも、仕事や打ち合わせのしやすさを優先させた、質素で実用的なものばかりだ。執務机の上には、電話とメモ帳と万年筆だけが、駐機された飛行機のように整然と並んでいた。

壁際の書棚には、自社で扱う通観のカタログと、鉄道規則や法律関連の書籍が並ぶ。社長の「趣味」を窺《うかが》い知れるような書物や、人生観を形成したであろうビジネス書や人生指南書の類《たぐい》は一冊もなかった。

壁に絵もなければ、人生訓を記した著名な書家による額もない。重厚な置物が置かれているわけでも、花が活けてあるわけでもない。

仕事に関する「実用」以外の一切が存在しない。

少し意外な気がした。通勤観覧車という、あまり一般的ではない……言い方を変えれば「奇抜な」商品にこだわるワンマン社長というイメージとはかけ離れていたからだ。

簡素すぎる部屋の様子からは、社長のパーソナリティは窺い知れない。むしろ、個性というものを類推されることを嫌忌した結果、この部屋に行き着いたかのような殺風景さであった。

「お待たせしました」

アポイントの午後二時ちょうどに、只見社長が姿を現した。

◇

「我々のつくる通観と、一般的な観覧車には、大きく三つの違いがあります」

対面するソファに座った社長の只見昌弘（四十八歳）は、論理的な思考をする者に特有の、丁寧に区切るような話し口で、過不足のない早さで質問に答えていった。几帳面というよりも、長年の仕事への姿勢から、自ずと身の振りが決まってきたもののように察せられた。

「まず一つ目は回転方式です。一般的な観覧車には、ワイヤーやチェーンによる駆動、ギヤ方式、タイヤ駆動など、時代や観覧車の規模に応じて、さまざまな駆動方式が存在します」

乱暴に言えば、一つの車輪状のものを回転させるだけであるから、さほど複雑な駆動方式が必要なわけではないようだ。

「ですが通観の場合、曲がりなりにも『鉄道』という位置付けですから、運行形態は限定されてきます。緑沢線にご乗車になって気付かれたかと思いますが、周囲には円形のガイドレールが存在します。各車両を支える支部に車輪とモーターがついており、レール上を車輪が回転することによって車両を動かしているのです」

「ということは、あのレールは、通観に限っての仕様ということなのでしょうか?」

「その通りです。逆に言うならば、あの形式でなければ、『鉄道』としての認可が下りなかったということです」

実際、認可に至るには、根気強い交渉が必要であったという。最終的には、ある条件の下に実験的に第一号通観が建設され、その「効果」を踏まえて、本格的な認可が下りたのだ。

「それによって、観覧車のゴンドラの回転を、『列車の移動』という位置付けへと変換することができたのです」

「回転から移動へ……。だからこそ、乗る場所と降りる場所が別々なのですね」

「そうです。それが、二つ目の違いになります」

西駅と東駅のホームは、通観の車両を挟んで向かい合っているのだから、「移動」とは言ってもせいぜい数メートルだ。それでも、乗車駅と下車駅が違い、数メートルとはいえ乗客の「移動の用に供する」以上、鉄道という申しわけは立つわけだ。

「最後の違いは、何周でも乗車可能ということです。通観は一周五分三十秒に回転速度を統一していますから、乗客が自分の好きな時間で調整して乗り降りできるようになっています」

レール上での運行。両側にある扉。何周でも乗車可能な乗客たち。確かに通常の観覧車との違いは大きい。とはいえそれらは、必然的に生じた「違い」ではなく、観覧車と差別化するために恣意的に施された、後付けの差異でしかない。

「一般的な遊園地の観覧車を製造してはいけないという規制があるのでしょうか？」

「いえ、特にありません。実際、この工場の設備で娯楽用の観覧車を製造しようと思えば、すぐにでも対応可能です」

「つまり、つくれないのではなく、つくらない、ということですね？」

社長は、当然のことのように頷《うなず》いた。

「通勤観覧車は観覧車の亜種のように思われがちですが、私の中ではまったくの別物です。その質問はたとえるならば、車をつくる人間に、どうして野菜をつくらないのか、と尋ねるようなものです」

同じように見える通常の観覧車と通観ではあるが、彼の中では厳然と分かたれた存在であるようだ。通観に込めた彼の思いが伝わって来る。とはいえ、正直なところ私は、社長の通観に賭ける「情熱」というものをつかみあぐねていた。

なぜ彼は、通観にこだわり続けるのか？　それが今回、只見通観を取材しようと決めた、一番の理由だった。

◇

「目的は、外的要因によって他律的に定まってしまう『通勤』を、個人の自律の下へと取り戻すことです」

なぜ、通勤用の「観覧車」なのか？　その問いに対する答えとして、只見はいささか難解な思想を持ち出してきた。

「もちろん通勤というものがどうして必要かと言えば、職場と居住地が離れているからです。職場、居住地、その間の交通機関という三者によって、本人の意思に関わりなく、他律的に定められてしまうもの、それが通勤です。大都市になるほど通勤圏は広がり、その分、拘束時間も長くなりがちです」

通勤というものが、まるで人類に課せられた試練であるかのように、彼は眉根を寄せる。

「そこで私は、通勤の『質の向上』が必要であると考えました」

「質の向上……ですか？」

確かにそれは、各交通機関が鎬《しのぎ》を削る分野だ。座席の改良や、車両の新造などで快適性を向上させている。だが、通勤の簡素すぎる座席や車両は、お世辞にも「上質な空間」とは言えなかった。私の疑問を読み取ったように、社長は言葉を続けた。

「確かに快適性も大切ですが、根本的な意味での質の向上とは、自己の律する下に『通勤』が従属しているという、『掌握感』を持つことです」

かつて、商事会社に勤めるサラリーマンだった只見は、自らの通勤の「質の向上」を目論み、ある行動を起こしたという。

「いつもより一時間早く家を出て、環状線を一周することにしたのです」

「環状線を一周、ですか？」

「つまり、今まで四十分だった通勤時間を、私の意思によって、一時間四十分に変化させたわけです」

「はあ……」

「もちろん、通勤時間は倍以上になりました。ですが、自ら『通勤』をコントロールしているという認識は、早起きという苦痛を上回る充足感を、私に与えてくれたのです」

自らの制御の下に置くこと。そうした志向は、社長室の整然とした有り様にも表れていた。しかし私は、社長自身がまた、何らかの「制御」により、自らの感情をコントロールしているようにも感じていた。

「『通勤させられている』でしかない時間を、自らの意思で『通勤している』時間へと変換させたい。それが、通観建造へと思い至った第一歩でした」

そうして、通勤時間を乗客個人が自在に調整する機能としての新たな交通機関というものが、彼の頭の中で現実味を帯びていったという。

「しかし、そこから『通勤用の観覧車』という結論が導き出されるまでには、まだいくつかのステップが必要なように思いますが？」

「そうですね、さまざまな試行錯誤がありました」

只見の冷静な口ぶりは、そうした「試行錯誤」の煩悶を寄せ付けぬようではあったが。

当時の鉄道運輸庁に提出した事業企画書を見せてもらう。

文字通りの、環状鉄道の極小版。

上っては下りるを繰り返すだけのためのエレベーター。

ベルトコンベア方式で回転する座席、などなど……。

「その中から、もっとも『通勤』という概念から遠いものを、と考えて辿《たど》り着いたのが、観覧車だったわけです」

もちろんそれだけではない。路線を横ではなく「縦」に伸ばすという発想の転換によって、用地取得費用が軽減化され、都市の遊休地の有効利用という側面とも結びつき、許認可の追い風となったのだ。

◇

「しかし……、こう言っては何ですが、乗客たちは、社長が通観に込めた理念というものを、果たして理解しているのでしょうか?」

緑沢線で乗り合わせた乗客たちの車内での様子を思い返してみる。取り立てて他の通勤列車との違いは見受けられなかった。

「それは、問題としていません」

只見の答えは揺らごうともしない。

「製造し、その街に設置した時点で、通観は既に私の手を離れています。どんな利用のされ方であれ、文句を言う筋合いはないし、興味もありません」

わざと突き放すような言葉によって、彼自身が自分に「興味を持たないこと」を仕向けているようでもあった。

「つくるのは我々ですが、それを育てるのは、通観に乗る人々です。通観から私の主張というものが透けて見えるようならば、それは失敗であると考えています」

確固たる主義主張に裏打ちされながら、通観はそれをひけらかすこともなく、ただただ、回り続けているのだ。

「街の人々に愛されれば、それで本望、ということでしょうか？」

「正確に言えば、そうではありません。通観のあるべき姿とは、端的に言うならば、街に溶け込むことです」

「溶け込む？」

「本来ならば何年もかかって受け入れられるものなのでしょうが、私の狙いは、建造されたその瞬間から、自然にそこにあるものとして人々に受け入れられること。いえ、受け入れるという心構えもなく、そこに存在することが自明であるものです」

確かに緑沢線は、製造からの年月以上に、街の風景に馴染んでいた。

「溶け込むとは、愛されるのとは意味が違います。道端の石ころのように、気にもされない存在になることが肝要です」

それは、「目立つこと」よりもいっそ難しい選択のような気がしないでもない。

「ある日突然なくなってしまっても、ここには何があったたか、と立ち止まられることもない。それが理想ですね」

本心からの言葉なのか、それとも社長としての営業上のトークなのか？　それを只見はなかなかつかませようとしない。

◇

「経常収支はどうでしょうか？」

ほんの数メートルの「移動」のために、通勤のたびに観覧車を利用する「物好きな」乗客は、果たしてどれほどいるのであろうか？

「地価や立地条件によっても異なりますが、通観の損益分岐のラインは、おおよそ乗車率十五〜二十パーセントといったところです」

「随分低いんですね」

一般的な鉄道の採算ラインについてははっきりした認識はないが、首都圏の鉄道が、あれだけ満員でも単独事業としては赤字で、不動産部門等の黒字で帳尻を合わせているのは誰もが知るところだ。

「さいわい通観は駅間距離も短く、駅も各線に二つしかないわけですから、各駅に改札要員と乗車補助要員の二人、合計四名で対応可能です。維持管理費や燃料費、人件費は一般的な鉄道と比較して格段に少なくて済みます」

「実際の乗車率はどうなのでしょう？」

「昨年の実績で言えば、もっとも高かったのは明川《あけがわ》線の三十四パーセント、最低は砂泊《すなどまり》線の二十一パーセント。お乗りになった緑沢線は、営業成績でいえばほぼ中間の二十八パーセントですね」

　つまり、不採算路線は一線もないということだ。一般鉄道と同列に論じるわけにはいかないだろうが、立派な成績であることは論を待たない。

「乗車率を高めるための経営努力には、どんなものがあるんでしょうか？」

　鉄道は、立地条件によって「経営努力」の方向性は違ってくる。通勤列車であれば混雑する時間帯の便数の増や車両性能向上によるスピードアップなど。ローカル線や観光路線であれば、沿線の見どころ等とタッグを組んで観光客誘致に力を入れるだろう。

　では、通観という特殊な位置付けの路線においては、どのような努力がなされているのであろうか？

「割引切符や、キャンペーン的なものは、何もやっておりません」

　緑沢線の券売機まわりにも、お得な切符や観光などの案内は一つも掲示されていなかった。

「ＩＣ乗車券で乗車できるように改札を改善される予定はないのでしょうか？」

「確かにそうすれば便利です。ですが便利さというものは、時として、ものの本質を見失わせる危険性を内包しています」

　予期していた質問だったのだろう。彼の答えは淀みなかった。

「通観は『通勤の自己掌握』の手段です。そこに便利という概念を持ち込むと、今度はその便利さが、人を縛ってしまうのです」

「つまり、通観は便利であってはいけない、ということでしょうか？」

「通観は、便利な乗り物ではありません。だからこそ、乗客を引きつけている部分があります。ですから、ＩＣ乗車券どころか、定期券すら導入していないのです。乗客の皆さまには毎朝、面倒でも切符を買っていただいております」

便利になる……。それは責められることではないし、誰もが望んでいる。我々は、生活を簡便に、快適にすることこそが企業努力であり、成熟した社会の有り様であると信じて疑わない。

しかし、通観はそうした風潮に一石を投じるかのようだ。便利さを追求した結果、果たして我我の人生は豊かになったのであろうか。便利になった分だけ気忙《きぜわ》しく、何かに追い立てられるように生き急がされていないか？

通観のゆっくりとした回転、乗車してもほとんど移動できないという現実。それらはすべて、「便利」という概念の俎上に載ることを拒んでいる。

「かと言って、流行《はや》りの『癒し』というわけでもないようですが……」

「癒し」は、今やどの業界でも、売上アップのための常套句となっている。もしも他社が通観事業に参入してきたなら、リクライニングシートや女性専用席、アロマ効果のある空調設備の導入などで差別化を図るに違いない。

「癒しというものは、私は通観に寄せ付けたいとは思いません」

頑《かたく》なとも思える硬い声は、「癒し」を殊更に遠ざけるようだ。

「癒しとは、結果として身にまとうものです。最初からそれを目的に造られたものは、安易な迎合によって、人の精神の問題を冒瀆《ぼうとく》しているとさえ言えます」

潔癖過ぎる姿勢は、いっそ彼の「癒し」というものへの志の高さを逆説的に証明しているのかもしれない。

「私はあるべきものを、あるべき形で届けたい。それだけです」

只見の心には、通観の理想とも言うべき確固とした姿があるようだ。だが、彼の冷静なる情熱は、空回りしてはいないだろうか？　そう考えて、「空回り」という言葉と、通観の「回転」とを重ね合わせてしまう。

空回りとは、「回る」ことが何らかの作用を生じさせることを前提とした表現だ。しかしながら、通観はどこにも行けない。同じ場所に戻るだけだ。いわば、存在自体が「空回り」している交通機関とも言える。

空回りするものを、空回りする情熱で、厳格に、律義に回し続ける。彼のそうした理念があればこそ、只見通観が曲がりなりにも「成功したベンチャー企業」に名を連ねているのであろう。マイナスとマイナスを掛け合わせると、そこに「プラス」が生じるように。

◇

只見通観の「路線」は現在、全国に三十二存在する。この十年間で十六線が新たに敷設され、十七線が運行停止された。つまり、一基新しい通観が建造されれば、一基が取り壊されている計算になる。

運行期間は長くて十五年、短くて八年と一定していない。古い遊園地の観覧車が改修を加えながら何十年も乗り継がれることから考えると、通観本体の老朽化が理由ではないようだ。しかも、過去の「路線敷設地一覧」によると、同じ場所に通観が再建されたことは一度もない。

「運行停止した場所に通観を再建されることはないのでしょうか？」

「ええ、ありません」

即座の返答からは、独自の理念の下の結果であることが読み取れた。スクラップ&ビルドという経営用語が思い浮かぶが、通観は、そんな「戦略」とは程遠い存在であろう。

「役目を終えたと考えます」

只見が本棚から取り出したアルバムには、手掛けてきた通観の写真が第一号から年代順に並んでいる。思い出を辿ることや業績を誇ることを目的としたものではなく、単なる「記録」として保管されているもののようだ。

「人は死んだら、どんなに惜しまれようと、その代わりというものは置き換えようもありません。もちろん組織の中でのその人物の肩書きは誰かに受け継がれますが、人物自体は、誰にも代えられない。いつか記憶から薄れ、すべて失われていきます。それと同じようなものです」

我々は知らず知らずのうちに、一つのものがなくなれば、すぐに「代わり」が用意されるものと信じ込んではいないだろうか。事実、これだけ物が溢れた中で、代替物はいくらでも存在するし、競い合うように提供される。いや、提供「されてしまう」。取って代わる存在が用意されていないもの……。今の世の中、そんな存在が一つくらいあってもいいのかもしれない。

◇

社長の答えによって、私はようやく、聞けずにいた質問の接ぎ穂を得た。

「社長が通観をつくられたのは、二十一年前の事故がきっかけなのでしょうか？」

只見自身は公にしていないが、彼は二十一年前の「下り451列車」消失事件で、奥さんと一人息子を失っている。会社を興したのは、それからちょうど一年後の二月三日。第一号通観の敷設地は、451列車が走っていた高架線路のすぐそばであった。

もともと、私が只見への取材を思い立ったのも、事件のその後を取材で追う過程で、消失現場のすぐ脇に立つ通観に興味を持ったからだった。

制御できなかった列車への感情の持っていき場を探しあぐね、何らかの代償行為として、自ら制御できる存在としての通勤観覧車に思い至った……。私の想像は短絡的すぎるだろうか？

「その質問には、イエスともノーとも答えられます」

社長の答えは、今まで以上に感情の動きを読み取らせない。私にはそれが、長い間の訓練によって辿り着いた、コントロールされた「落ち着き」のように思えた。

「たとえばあなたの腕の肉を、これはあの時に食べた食物によって構成された肉だ、と答えることができますか?」

「それは……、できませんね」

「同じ様に、人の思いとその結果導き出される行動に、因果関係を求めようとすることは、労多くて益の少ない行為であろうと思います」

私が想像によってつくり上げた只見像は、さりげなく礎を外されてしまった。

「確かにあの事件がなければ、勤めていた会社を辞めることも、通観をつくることもなかったかもしれません。そう考えれば答えはイエスです。ですが、もしもあの事件が起こらなかったとしても、私は何らかの形で通観に……、もしくはそれに代わるものに辿り着いていたのだろうと思います。その意味ではノーです」

社長は、私の組み立てた単純なストーリーのレールに乗ってはくれなかった。もちろん人の心が、通観のように決まり切った場所を回り続けるはずもないのだが。

「しかし、第一号通観によって、事故で家族を失った人々が心の傷を癒したのは確かなようです。そのことは誇りに思ってもいいのではないでしょうか?」

家族を失った者の多くが、消失事件後に建設された第一号通観に足を運び、何十周も乗り続けることによって、心の安定を取り戻していったという。通観が鉄道としての許可を得られたのも、そうした特別な配慮が背景にあったことは確かだ。

「それはあくまで結果にすぎません。先程申しました通り、一旦動き出したら、乗客がどんな乗り方をしようと、私自身や会社とは無関係です。誰かのために通観が役立ったなどと私が考えるのは、おこがましいことです」

彼は頑なに、通観から「癒し」の要素を排除しようとする。それは逆説的な意味で、人々の心の拠り所足り得ることを目指し続けているからではないか？　何かを失った者に、お仕着せの癒しなど必要ないし、かえって傷を大きくする結果にもつながりかねない。

彼は「癒し」を否定する。通観が癒しの存在たり得るか？　その答えは彼の中にも、私にも必要ない。乗客一人一人の中にありさえすればいい。

◇

「今後の事業の展望は、どのようにお考えですか？」

企業の経営者への取材の際の締め括《くく》りには、おなじみの質問ではある。遊園地並みの巨大通観をつくりたいとか、乗車率八十パーセントを目指すなどという答えは、間違っても返ってこないだろうと思いながら、私は答えを待った。

「展望といっても、そうですね……。すべての市町村に通観を、などという大それた目標は持っていませんし、海外進出などするわけもなく。ただ、必要な場所に必要な通観をつくる。それは創業当初から現在まで、変わらぬ理念です」

只見の話を聞くうちに、「必要」という言葉は大きくその意味を変貌させた。通観が回り続けることと、「必要」という概念は、果たして結び付けることができるだろうか？

もっとも、我々は日々、沢山の「思い込まされた必要」に囲まれて暮らしている。それらにどれだけの切実性があるのかを考えれば、通観の「必要」というものにも、存在する余地はあると言えるだろう。

只見は、少しだけ表情を和ませた。

「通観からの『展望』と同じですよ。ささやかなものです」

結局、彼の自らの事業への醒めた視線の源には、短い質問では辿り着けそうもない。

「社長は、ご自身のつくられた通観に、愛情を持っておられますか？」

相手によっては、侮辱した質問と捉えられるだろう。だが私は敢えて彼だからこそ、その問いをぶつけてみた。

「誤解を受けることを承知で言いますが……」

アルバムの第一号通観に落とす彼の視線は、極めて平板だった。写真の背景には、451列車の走っていた高架線が写り込んでいる。

「私は通観に対して愛情を持ってはいません」

「打ち明ける」でも「宣言する」でもなく、彼は淡々と告げた。

「私は芸術家ではありません。つくり出すものへの過度の愛情は、却《かえ》って通観への客観的な視点を失わせてしまいます。もちろん自身のつくる通観に自信はあります。ですが、自信を持っていることと、愛情を持っていることとは、まったく別の側面になります」

醒めていること。それが彼にとっての、仕事への誠意であり熱意なのかもしれない。

「なくてはならないもの、ではなく、なくなることにすら意味を持たせられないもの。それが通観の理想です」

一種の諦観すら漂わせて、彼は自らのつくるものを突き放そうとする。それは一般的なつくり手からすれば、「否定」や「卑下」でしかないかもしれない。

だがそうではない、そうではないのだ。何かを失った者だからこそ、何ものによっても代えがたい思いがあることを知っている。忘れることも、塗り替えることもできない記憶に打ち勝つためには、日々を重ねて行くしかないのだ。それを只見は、通観の愚直ではあるがたゆまざる回転に託したのであろう。

「輪蔵」と呼ばれる、宗教経典を収蔵した回転式の書架がある。それを回すことによって、経典を読み通したのと同じだけの功徳が得られるという。只見にとっての通観の何千回、何万回もの回転は、ただ無心に輪蔵を回し続ける行為と同じようなものではなかったか？

通観をつくり続けること。果たして彼はその境地に「辿り着いた」のか、それとも「行き着かざるを得なかった」のか。それは私には、推し量りようもないのだが。

「ですがたとえば……、こう思うことがあります」

社長は少しだけ身を寛げてソファの背にもたれ、窓からの景色に眼をやった。社長と二人、通観の車両から街の風景を見下ろしている気分になる。

「どこで見たとも知れず、何かの拍子にふっと心によみがえる風景というものがありませんか？」

「ええ、確かに」

それは何気ない情景だ。雑多な街並みに灯《とも》る侘《わび》しい明かりや、夏風吹きわたる稲穂の風景……。自らの記憶とも知れず、不意に浮かび上がって来る、魂に刻まれた景色たち。

「そんな記憶の一つに、通観からの風景がなれれば……。そう思うことはあります。もちろんそれは、通観に乗る乗客一人一人が十年後、二十年後に人生を振り返った時に、ふと思い出すことですから、確かめようもないのですが」

只見は、見果てぬ先の「何気ない風景」を見定めようとするように、眼を細めた。

◇

インタビューから一週間後、私は再び通観緑沢線を訪れていた。

私鉄の緑沢駅から、通勤客の流れに逆らうようにして、場末の裏通りを抜けて歩く。以前と変わらず、通観線はゆっくりと回転し続けていた。

この地の通観は、今日を以《も》って営業を終了するのだ。

最終日だからといって、特にセレモニーがあるわけでもない。駅員も特別の感慨を見せず、普段通りの改札と、乗車補助業務を行っている。時刻表の横には、間に合わせで作ったような駅からの通知が貼ってあった。

――通観線は、本日をもって運行を中止いたします。長い間、ありがとうございました――

その通知だけが、他人事《ひとごと》のように掲示されていた。画鋲が一つはずれ、頼りなく風に揺れている。

変わらないのは駅だけではなく、乗客もだ。敢えて前回と同じ時刻に訪れてみたが、客数は増えても減ってもいないようだ。

何度か、廃止される鉄道の最終運行日を取材したことがある。

廃止路線というのは、どこも悪循環の結果だ。乗客減から運行本数を減らし、不便になったことで更に乗客から見離されてしまい、公共交通機関としての存在意義を失ってしまう。

ところが、いざ廃止が決定されるや、名残りを惜しむ人々が大挙して押し寄せるのだ。取材しながらも、毎日これだけの人が乗っていたならば、廃止されることもなかっただろうにと憤るのが常であった。失われることによってしか存在感を発揮できない鉄道の不甲斐なさに、悔しさや切なさを感じもした。

そんな駅や列車の姿を見慣れた私にとって、最後の時すらも注目されることなく、ひっそりと逝く通観の姿は、いっそすがすがしい程に堂々と映った。

◇

今日は夕方まで乗り続けて、機会があれば乗客にもインタビューしてみるつもりだ。車両に乗り込むと、先客は二人いた。定年退職間近に思える恰幅のいい初老の男性と、まだスーツが身体に馴染んでもいない若いサラリーマンだ。

乗り込んで三周めに若い男が降り、車内は二人になった。初老の男は、私が五周乗車しても降りる気配を見せない。随分と「長時間通勤」だ。おそらく駅員が言っていた、毎朝十周しているという会社重役だろう。私は取材である旨を告げて、彼に話を聞いてみた。

「え、最後？　ああ、そうだね」

男は多少驚いたように顔を上げた。自分が今乗っているのが通観であることすら意識の外にあったかのようだ。

「まあ、多少不便にはなるけれど、決まったことだからね。仕方がないだろう」

「明日からは、どうされます？」

彼はそのことを考えてもいなかったのか、目を瞬《しばたた》かせた。

「まあ、歩くよ。昔はそうだったからね」

手にした新聞を裏返し、大した記事もないなとばかりに一瞥して折り畳んだ。

「もっとも、乗らない方が早く着くから、これからは、少し遅く家を出ることになりそうだけどね」

彼は腕時計を確かめて、降車ブザーを押した。

降りる直前に、男は一度だけ車内を振り返って見渡した。通観をねぎらうように、丸めた新聞で扉をぽんとたたいて、ホームに降り立つ。そのさりげない仕種《しぐさ》が、長年連れ添った相手にするようで、名残りを惜しむよりもいっそ親密さを感じた。

◇

近所の食堂で昼食を済ませ、午後も東駅から乗り込む。通観がもっとも閑散とする時間帯だ。一つの車両に乗るのは、多くて二人。大半は私一人で乗っていた。

「乗りまーす！」

五周ほどした頃、一人の女性が、西駅側から駆け込んできた。

「すみません」

小さく断って、彼女は私の斜め前に座った。

——彼女は……？

しばらく考えて思い出す。前回同じ車両に乗り合わせた女性だった。スーツではなく私服姿なので、すぐには気付かなかった。今日は休日なのだろうか？

私の注目に気付いて、彼女はぎこちない笑みを唇に浮かべた。

「今日で最後なんですよね」

「ええ、そうですね……」

私の返事に、彼女は少し微妙な表情になる。ややあって、ようやく気付いたというように通観を見渡し、首を振った。

「いえ、そうじゃなくって、最後なのは私の方」

「どういうことですか？」

「今日で、この街から離れるんです」

仕事を辞めて、実家に戻ることになったそうで、この街とも今日でお別れなのだという。

「それで、どうして最後にこの通観に？」

自分でも持て余した感情なのか、彼女は肩をすくめた。

「引っ越し業者を送りだして、がらんとした部屋を見渡したら、なんだか、やり残したことがある気がして……」

私も何度か引っ越しを経験したので、その感覚は理解できる。今日まで暮らしていた場所が、明日からは無縁の場所になる。根なし草になったような足元の不確かさだ。

「でも結局、やり残したことなんて、ないんですよね。何にも」

組んだ両手で大きく伸びをして、寂しそうに笑う。

「だから最後に、なぜだかここに足が向いちゃったんです」

彼女はそれきり黙りこみ、窓の外に視線を移した。

車両は少しずつ、「ささやかな高み」へと上っていった。人目につく側ばかりを体裁良く整えた雑居ビルは、見下ろすと見苦しい面をさらす。化粧を落とした素顔を見せられたようでいたたまれなくなる。それでも彼女は、しっかりと眼を開いて見納めていた。

「こんな景色だったんだ……」

心の内から発せられた言葉だった。この街で彼女が積み重ねていった何気ない日々の悲しみや喜び、ささやかだけれども確かなもの。それが凝縮されているように。

我々の生きる日々は、通観からの眺めのように見通しがきかず、通観の動きのようにもどかしくもゆっくりだ。同じ場所で行ったり来たりと進歩のない歩みを繰り返しながら、それでも明日は、ほんの少しでも「先」へと進むことができるかもしれない……。そう信じて、私たちの日々は「回り続ける」のだ。

通観が一周すると、彼女は踏ん切りをつけたように頷いて、降車ブザーを押した。

「西駅でいいんですか？」

思わず念押ししてしまう。彼女は西駅から乗ったのだ。同じ駅で降りるのでは、厳密には「乗り納め」にはならないだろう。

「ええ、いいんです。それで」

彼女は屈託なく笑って腰を上げた。駅員が外から扉を開ける。

「お元気で！」

身軽にホームに降りると、一度だけ通観を振り返り、足取りも軽く歩み去った。彼女はきっと、やり残したことがあったわけではない。何かを「やり残して」行きたかったのだろう。彼女が街の風景の中に溶け込んで行くのを、私は通観と共に見守る気分だった。

——あれは……？

雑居ビルの陰から通観を見上げる姿に気付く。只見社長だ。

誇らしげでもなく、かと言って悲しげでも虚無的でもなく……。自らに感傷を寄せ付けまいとするように、彼は通観の最期の姿を見届けていた。

通観は、明日には取り壊される。数日後には更地となって、ここに通観があった痕跡すら消し去られてしまう。何が建っていたかも思い出せない。「ここには何が建っていたんだっけ？」と振り返られることもない。

それが通観の理想的なありようなのだろう。私たちの多くが、何を残すこともできずに、その一生を終えてゆくように。

通観は、我々名もなき一人一人の現《うつ》し身なのかもしれない。

◇

数週間後、私は高速軌道の新規開業線の取材を行っていた。

地方色を感じさせないできたての駅には、大勢の人々が押し寄せ、開業効果を少しでも長引かせようとするように、おろしたての蛍光灯のような笑顔を浮かべている。

くす玉から花開いた紙吹雪のなれの果ての紙くずを踏みしめながら、真新しい車両に、身分不相応な場所に来たような気分で乗り込んだ。

強化ガラスで隔てられて聞こえない「万歳！」に見送られて、一番列車は出発した。空中に浮遊しているかのような乗り心地の列車は、かつて在来線で曲折しながら峠越えしていた山をトンネルで一直線に突き抜け、二十分ほどで隣の自治区の駅に到着した。

駅前ばかりが急ごしらえで整備され、少し離れた場所には、地方都市特有の倦怠を思わせるくすんだ色の雑居ビルと、色褪《あ》せた看板が立ち並んでいる。地方の、典型的なシャッターストリートだ。

新しい線路は、本当にこの街に繁栄や希望を運ぶのであろうか。「近くなった」大都市に、わずかばかり残った街のパワーを根こそぎ吸い上げられてしまうだけではないのか。記事には書けないだろう思いばかりが、私の中には渦巻いていた。

心の置き場を失った気分で、風景を流れ去るままにしていると、それは突然、眼に飛び込んできた。どこにも行かない、どこにも進めない路線……、通勤観覧車の姿だ。

朝日を受けて、通観の最も高みに上った車両が紅に染まった。シルエットとなった乗客が、ゆっくりと「通勤」している姿が見える。

一瞬、ほんの一瞬で、それは通り過ぎた。只見の思い通り、通観はくすんだ街並みに溶け込んでいた。新型車両の乗客たちは、誰も気付いていないようだ。

通観から、通り過ぎる列車はどう見えているのだろう？　私が乗るべきは、この列車ではなく、通観の方ではないのだろうか。

我々は急ぎ足で、先へ、先へと進み続ける。だがそれは、本当に「先へ」向かっているのだろうか。

果たしてどちらの列車が、我々の未来を指し示しているのだろう?

古川世代

封印された「世代」

斎藤輝也《てるや》（三十八歳）の朝は早い。

魚市場に勤める彼の勤務は深夜の三時からだ。いきおい、起床は夜中の一時となる。

「夜は七時には寝ちまうからね。飲みに誘われることもなくなって、寂しいもんだよ」

話を聞いたのは夕方の五時であったが、彼はすでに夕食を済ませ、就寝前の憩いのひと時を過ごしていた。

「今の仕事？　まあ、親の代からずっと見てたしね。特に考えもせずに継いじまったけど、俺には合ってたと思うよ」

顎《あご》の無精ひげを撫《な》でながら、二十年続けて来た自らの仕事を振り返った。

水木紀華《のりか》（三十八歳）は、六歳の娘の弁当箱を包んだハンカチを、神妙な面持ちで解《ほど》いた。

「あぁ、やっぱり朱里《あかり》はブロッコリー残しちゃったかぁ」

頬を膨らませ、残されたおかずを残念そうに処分する。

「好き嫌いが多くって……。どうやったら全部食べてもらえるかって、毎日頭を悩ませてます」

腕まくりした彼女は、朱里ちゃんの嫌いなニンジンを食べさせるべく、すり下ろしてハンバーグに混ぜ込もうと奮闘していた。

名倉俊次《なぐらしゅんじ》（三十八歳）は、営業仕事の合間に、喫茶店で取材に応じた。

「もう十年、ずっと営業だよ。俺みたいなうるさいのが事務所にいたら仕事にならないってんで、外に放り出されてそれっきりってことでね」

人の心に入り込んでくる朗らかさで、屈託なく笑う。話を聞く間も取引先からの電話は引きも切らず、言葉通り「放り出されて」いるわけではなさそうだ。

武田清美（三十八歳）は、一人息子が小学校へ入学し、手がかからなくなったのを機に、演劇の世界に復帰するという。

「離婚以来五年間、この子と一緒に頑張ってきたからね。これからは、少しは自分の夢も追いたいなって思って」

息子の雄大《ゆうだい》君は、そんな母親の夢の大きさや重さを、わからないながらも尊重するというように、大人びた様子で頷《うなず》いた。

彼ら四人には、年齢以外にはさしたる共通点はない。住む地域も、性別も職業も様々だ。

だが彼らは一時期、自らの意思とは無関係に世間の注目を集め、能力如何《いかん》にかかわらず未来を嘱望され、そして本人の思いなど無関係に迫害を受けた。そんな共通点を持っている。

そしてもう一つの共通点。

それは、彼らがみな、元「古川」姓であることだ。

◇

だ。

「古川世代」とは、現在三十八歳の世代が、二十二歳から二十八歳までの間、呼ばれていた呼称

とは言え、「古川世代」でネット検索をしてみても、検索結果としては「一致するデータが存在しません」としか表示されない。

これは、古川世代についてのデータが存在しない、という意味ではない。検索結果に対してフィルターがかけられているからだ（このルポルタージュ掲載時にはフィルタリングは解除されているので、検索結果は異なる）。

十年前から実施されている「特定用語の検索結果表示の忌避に関する指針」に基づくフィルタリングは、ネット上での人権侵害や、個人情報の無断公開等の被害を防ぐために導入された。「古川世代」というキーワードは、適用の第五号となった。

以後ネット上では、古川世代なる単語は、見かけ上は存在しないことになっている。「画面をスクロールしていったら、たまたま見つけた」という偶然に頼るしかないのだ。また、指針は出版・放送業界にも自主規制的に波及し、新聞や書籍、テレビ等からも、その単語は消え去った。

今では古川世代は、「避けて通るべきキーワード」としては認識されていない。存在しないものは、避ける必要もない。おそらく今の十代以下の子どもたちは、古川世代と言われてもピンとこないだろう。

もちろん時の流れの速い現代において、十年も「昔」に流行《はや》った語句を調べようなどという物好きもいないだろうが。

◇

古川世代という言葉が最初に世間の耳目に触れたのは、週刊誌『プライム・ゲート』の特集記事が発端だとされている。

記事は、「今、時代は古川世代！」というタイトルで、当時二十二歳の百三十九万人が、古川姓の人間の優秀さによって牽引されているという「事実」を伝えた。記事内では、実際の二十二歳の古川姓は登場しておらず、どのような点が優秀であったり特殊であったりするのかという検証はまったくされていない、中途半端な内容だったらしい。にもかかわらず、記事は「待ってました！」とばかりに読者に飛び付かれ、その号は通常の三倍の売れ行きを示した。

「らしい」とは、ルポルタージュにあるまじきあやふやさだが、今となっては記事の掲載された第二二三号を手に入れることはできないし、記事を検索しても結果は表示されない。「そんな記事があった」という噂だけが、伝聞のような形で伝わっているのみだ。

私は記事を書いた本人に、直接話を聞いてみることにした。

「どうも誤解されて困っているのは、『プライム・ゲート』が、古川世代というキーワードを作り出し、流行を捏造したと思われている点ですね」

今は他雑誌の編集長となっている田所公博は、校了直後の倦怠と高揚とが漂う編集部で、眠気をコーヒーで押し流すようにして話しだした。

「私が記事にした際には、もう古川世代って言い方は、すっかり定着していたんですよ」

蓄積した疲労を指で眉間の奥に揉《も》み込みながら、田所は当時を振り返った。

「それでは田所さんご自身は、古川世代という呼称を最初に知ったのが何からだったかは、覚えていらっしゃいますか？」

眉間の指の動きを止めて、彼はしばらく考えていた。

「どうだろう？　人から聞いたのか、何かで見たのか……、ちょっと思い出せませんね。まあ、流行り言葉というものは、誰でもそんなものじゃないですか」

私も当時、いつの間にか「古川世代」という言葉を知っていたものの、その端緒がいつだったかは思い出せない。いつとも知れず耳に入り、ふと気付けば、世間に定着してしまっていた。

「今思えば、特定の世代の、苗字が古川の人間だけが優れているなんて、笑い話にしかならないんですけどね。当時はそれが当然のこととして語られていましたからね」

バブル経済期の狂乱など、後から振り返ってみれば、なぜその状態を「正しい」と信じていたのだろうと呆《あき》れてしまうような事態はままある。きっと我々は、「信じる」のではなく、自ら進んで催眠術にかかっているようなものなのだろう。

「記事について、反響はどうでした？」

「まあ、あなたも当時のことはご存じでしょう？　一気に広がりましたよ。爆発的に、ね」

「爆発」の度合いを示すべく彼は大げさに手を広げ、その広がりをつかみあぐねるように、両手をすとんと落とした。

当時の週刊誌の表紙に、「古川世代」の文字が躍らない日はなかった。大衆紙は刺激的な見出しで古川世代の優秀性をあげつらい、音楽誌やスポーツ誌は、古川世代の活躍をクローズアップした。育児雑誌では、「第二の古川世代は○年生まれだ！」などというまことしやかな噂で、世の奥さま方を一喜一憂させたものだ。

「ところで、こちらに当時の記事は存在しますか？」

私は結局、事前の下調べで当該記事の掲載号を入手できずにいた。国立図書館や民間の雑誌収蔵館等を当たってみたが、いずれも欠本や紛失扱いで、閲覧することはかなわなかった。

差別表現等でお蔵入りとなった映画や漫画作品であれば、「幻の作品」と銘打ってネット上でも高値で取引されているが、雑誌の一記事に関しては、そんな市場も存在しないようだ。

後発の「古川世代」に言及した書籍や雑誌は、今も何らかの形で入手可能だ。だが、そのすべてのルーツとされる『プライム・ゲート』の記事は、いずれの手段によっても目にすることができない。

「会社の保管庫にも、該当の号は残っていません。上からの指示で処分させられたんでしょうね」

「それは、行政機関からの具体的な指示があったからですか？」

「そうではないでしょう。出版社としての自主的な判断だと思います」

「読者から苦情があっての対処、というわけでもなく？」

「どうだったでしょうかね。もう古い話になるからね」

「そのあたりに詳しい方はいらっしゃいますか？」

「難しいでしょうね。法務部も代替わりしてますしね」

彼はあきらめ顔で、火のついていない煙草を口にした。

「つまり、廃刊の真相には、辿《たど》り着くことができない……ということですね」

田所の咥《くわ》えた煙草の先端が、わずかに震える。

騒動から五年後、『プライム・ゲート』は突然廃刊が発表された。発行部数減というありきたりな理由ではあったが、古川世代の騒動を煽《あお》った首謀者として詰め腹を切らされたというのが、出版界での暗黙の了解であった。

「スケープゴートにされてしまった感覚ですね」

田所はまさに祭壇の生贄《いけにえ》のように、弱々しく首を振った。

「きちんと記事を読んだ上での批判であれば、それに答えることができるのですが……。なにしろ記事を書いた私でさえ、当時の雑誌を手にすることができませんし、データもすべて処分されてしまいました。私自身も、様々な批判をうけるうちに、記事の内容があやふやになっている側面はあるんですよ」

古川世代については数多くの雑誌等で言及されたが、『プライム・ゲート』だけがそうした扱いを受けたがゆえに、責任を一手に引き受けさせられた形だ。

「確かに、古川世代への過熱を招いたきっかけとなった責任は感じています。ですが、うちが記事にしなくとも、必ず他の雑誌が同じような切り口で紹介したでしょうね。もちろん、それを言い訳だと責められれば、反論はしませんがね」

田所の言葉は、諦めとも達観とも受け取れた。

「いずれにしろ、古川世代への狂乱は、止めようがなかった。と言うより、止める必要性というものを誰も感じていなかった。あなたは、どうでしたか？」

「私は……」

思わず絶句する。当時私も、「そんなものかな」と、何となく受け入れていた。自らの判断基準を働かせることなく、世間が「評価」を受け入れたことこそが、古川世代問題の根幹だ。だとしたら私も、根拠のない狂乱をつくりだした一人なのだろうか？

◇

実際のところ、古川世代の古川姓の「優秀さ」なるものを証明する、客観的なデータはあるのだろうか。その疑問が浮かんだのは当然のことだった。

古川世代について当時、大規模な調査がなされていたことを、私は今回の取材の下準備で初めて知った。もちろんフィルタリングによってネット検索では見つかるはずもなく、大学論文を地道にあたってみた結果、ようやく辿り着くことができたのだ。

――いわゆる「古川世代」における、古川姓の特異性に関する調査――

その調査が実施されたのは、『プライム・ゲート』に記事が掲載されてから半年後、書店に並ぶ雑誌の表紙すべてに、「古川世代」の文字が躍っていた、まさにブームのピークの頃だった。

私は、論文作成者の植草教授（当時は助教授）を訪ねてみた。彼は今、地方私立大学の統計学の教授として研究室を構えていた。

「サンプル数は、古川世代のうち、古川姓が二百人、非古川姓が千人。そして比較のために、古川世代の前年、そして翌年の世代がそれぞれ千人の、合計三千二百人です」

「二百人の古川姓……」

この国に「古川」という姓を持つ人々がどれだけ住んでいるのかさえ見当もつかない。二百人というサンプル数の多寡については、判断のしようもなかった。

「少ないと思われるかもしれませんが、もともと古川姓の総数が十二万人弱。古川世代の古川姓が千三百人程度でしたからね。その六分の一の人間から許諾を得るというのも大変ではありましたが」

「どういった意図で、この調査をしようと？」

狭い研究室は天井まで達した本棚に囲まれ、教授ははまり込んだように椅子に座っていた。

「もちろん、当時言われていた、古川世代の優秀性なるものを検証しようというのが目的です。抽象的な議論ではなく、実際に数値として表すことによって、古川世代フィーバーの問題点を浮き彫りにしようと思ったのです」

統計学という専攻ゆえか、彼は数値として生じたものを文章に変換するような、独特の話し口だった。

「もっともこれは、私の中では最初から、古川姓の優秀性を数値にする行為ではなく、古川姓も他の姓と変わらないということを証明するためのものでありましたが……」

知能テスト、一般教養テスト、体力テストの三種によって、古川世代の優秀性の検証がなされたという。

「調査した結果は、いかがでしたか？」

「結果として、数値の上では、『古川世代の古川姓の優秀性』なるものを読み取ることはできませんでした。総合的な得点数で言えば、高い順に、古川世代の一年前の世代、古川姓を除いた古川世代、古川世代の古川姓、一年後の世代、の順です。もっとも点差と言っても、誤差の範囲のわずかなものですが」

私も図書館で論文を確認して、拍子抜けしたと同時に、「やっぱりな」と納得したのは確かだ。

「調査結果は、世間にどのように受け入れられたのでしょうか？」

当時、この調査が話題にのぼったという記憶はなかった。

「完全に、黙殺されました」

彼の声は、紙の上に印字された数値を読み上げるように乾いていた。

「しかし、これだけ具体的な調査がなされて、古川姓も他の姓も大きな違いはないと結論付けているのに、どうしてそんな扱いを受けてしまったのでしょうか？」

両の掌《てのひら》を一ミリのズレもなく合わせるようにして、彼はそこに生じた一本の線を見つめた。

「たとえば、幽霊について詳細な調査に基づいて研究が行われ、『幽霊は存在する』と大学教授が発表したら、全幅の信頼を置くことができますか？」

「それは……、たとえ科学的な調査だったとしても、多少躊躇《ちゅうちょ》してしまうかもしれませんね」

「私の研究は、まさにそんな扱いを受けてしまいました。空の星々が回っていると思われている時代に、回っているのは地面の方だと主張してしまったようにね」

人が何かを「信じる」とは、明確な基準があるように見えて、実は曖昧で、周囲によって扇動されやすいものなのだろう。

「真実とは、厳然とした形で目の前にあるわけではなく、人々によって、真実というものの姿がつくられるのです。時に、実在するものよりも、ずっと強固な形でね」

数値だけでは表すことのできない人の感情を持て余すように、彼はゆっくりと首を振った。

◇

こうして、古川世代の優秀性なるものは、なんら科学的な裏付けを持たないまま加速し、暴走しだした。それはもはや噂ではなく、動かしがたい「事実」として認識されるようになっていた。

もっとも顕著に現れたのは、彼らが就職という節目を迎えた時だったろう。

「なにしろ、履歴書も資料請求の葉書も送ってないのに、大手の人事部長が直々に訪ねて来るんだからね」

冒頭でインタビューした名倉俊次（旧姓古川）は、自らの就職活動を振り返って、感慨深げだった。

「両親の前で土下座して入社を懇願されて、入社後の破格の福利厚生や待遇を約束されるんですよ。自分より親の方が舞い上がっちゃって、リクルーターを高級店に呼び出しては、豪遊を続けていたんだから」

「当時約束された待遇や福利厚生は、就職後に、約束通り実行されましたか？」

「いや、まあ……」

言葉を濁す。彼はすでに、新卒で就職した大企業からは転職している。とはいえ、以前の職場の悪口を言う気にはなれないのだろう。

「古川世代を巡っては、いろいろと紆余曲折があったからね。最初の数年間だけだよ。まあ、むしろそれが当然だからね」

当時、彼のような古川姓の争奪戦は、いたるところで見受けられた。大卒就職後の、古川世代の古川姓の平均給与は、一般平均を数十万円上回ったという。

「当時の俺の名刺、見てみます？」

一枚だけ取っておいたという名刺には、「古川世代の古川です！」という一際大きな金文字が躍っていた。

◇

それでは、古川世代の「古川姓」以外の有名人は、自らの「世代」についてどう感じていたのだろうか？

「お前は古川世代だからな、って言われると、反発したくなったのは確かですね」

プロ野球選手の山下徳春は、当時を振り返ってそう述懐する。言うまでもなく、高校時代に自らの左腕で選手権三連覇を成し遂げ、二十四歳のプロデビュー初年に二十勝を挙げ、文句なしに新人賞に輝いた、当時のプロ野球界の期待の新星だった。

「ノーヒットノーラン達成して新聞に載る時だって、山下快挙！　じゃなくって、古川世代の快挙！　ですからね。努力する気もなくなりますよ」

野手に転向し、三十八歳の今も現役を貫く彼は、使い込んだグローブに丁寧にオイルを塗り込みながらぼやいた。

「だから、俺と同い歳で社会的に成功した奴ってのは、古川世代って言葉に複雑な思いを抱いているんじゃないかな」

「時の勢い」は、試合とは違い、彼の左腕でも如何ともしがたかったようだ。

「山下世代宣言にも、その憤りが？」

新人賞獲得時のインタビューで、記者たちの「古川世代の快挙」発言にうんざりして言い放った、「俺は古川世代じゃない！　山下世代だ！」というセリフは、「若造の思いあがり」と、当時の野球界の重鎮に徹底的に叩かれた。

「まあ、若気の至りってとこはあるけどね。あれが俺の、偽らざる本心だったよ」

自らの力だけでつかみ取ってきたものを確かめるように、かつて「七色の変化球」でファンを魅了した左手で、ボールを握りしめる。

彼にとって古川世代とは、拭《ぬぐ》っても拭いきれぬ宿業のようなものではなかったか。二世俳優などにも共通する、持って生まれた実力以外の部分で評価が下されてしまう、能力を「差し引かれた」感覚であろう。

古川世代の「古川姓」も、「古川姓以外」も、「世代」としてではなく、単純に「個」としての自分を見てほしいという願望を、大なり小なり感じていたのは確かなようだ。

◇

たとえば口裂け女や、トイレの花子さんなどの怪奇譚は、誰もが「いつの間にか」知るものだが、出所がどこかは、いずれもはっきりとはしない。古川世代も同様に、突き止められない謎がある。

それは、なぜ小川でも山田でも斎藤でもなく、「古川姓」なのか、ということだ。具体的な、優秀さを世間に知らしめた「古川」なる姓の人物が存在したのであろうか？

今となっては当然の疑問だ。該当の「古川」の存在がはっきりしない以上、「古川世代が優秀だ」という「事実」にも、疑いの眼差《まなざ》しが向けられるだろう。

だが当時は違った。古川世代に疑問符が突きつけられることはなく、仮定であるはずのものが、揺らぐことのない「事実」として基礎を構え、その上に際限のない「虚像」が積み上げられていったのだ。

当時、古川世代の優秀性の「源流」を探る試みがテレビ局で企画された。

調査方法は、単純にして明快だった。無名のお笑いタレントが道行く人にインタビューして、古川世代のことを誰から聞いたかを尋ねる。相手が「友達のAさんに聞いた」と答えたら、今度はそのAさんにインタビューする、という形で、ひたすら噂の源流へと遡《さかのぼ》っていったのだ。

民放の土曜夜八時の、バラエティー番組の一企画だったが、たちまち番組一の人気コーナーとなり、追跡は一年以上続いた。留学した学生を海外まで追いかけたり、事業に失敗して夜逃げした男を捜しあて、モザイク付きで放送するなど、あの時代ならではの悪乗りと無駄な金のかけかたで、古川世代のルーツは捜し続けられた。

最終放送日は、「いよいよ古川世代の最初の一人に辿り着くか？」という煽りで三時間特番が組まれ、三十パーセント以上の視聴率を叩き出した。

結局、CM跨《また》ぎでさんざん視聴者の期待を煽った挙句、最終的に「源流の古川姓」が画面に登場することはなかった。

——我々は、ついに古川世代の源流に辿り着くことはできなかった。だが、今回の試みは、決して無駄ではなかった。この十万キロを超える旅路において、改めて古川世代の優秀性、強さ、そして優しさを再確認することができたのだから。我々はこれからも、古川世代の源流の一人を捜し続けるだろう……

企画倒れを感動で糊塗《こと》するようなナレーションで番組は締め括《くく》られ、視聴者にとっては消化不良のまま終了した。

だが、その当時から一般的になったインターネットの普及によって、番組を引き継ぐ形で、自然発生的に源流を探る動きが活発化していった。

ネットという地域を超えた情報収集網によって、「源流捜し」は、新たな展開を迎えた。レポーターが一人一人インタビューしていくというまだるっこしい手順を踏まずとも、情報が集約され、拡散された。

そうして、テレビ放送から半年も経《た》たぬうちに、「源流にもっとも近いと思われる五人の古川姓」が選出された。それが冒頭にインタビューした「旧姓古川」たちだ。

当時二十三歳だった彼ら五人は、それぞれ魚市場勤務、サラリーマン、会社事務員、地図測量員、劇団員と、職業も性別もバラバラで、はっきり言って、なぜその五人が最後に残ったのかは謎のままだ。本人たちも、まさか自分が選ばれるとは思ってもいなかっただろう。

「私、ネットとか全然やってなかったから、自分がそんなのに選ばれてるなんて知りもしなかったんですよ」

水木紀華（旧姓古川）は、当時の自分の無知を恥ずかしがるように、苦笑いを浮かべた。

「突然いろんな人から電話がかかってきたの。すごいことになったねって」

「そう言われて、どう思いました？」

「なんで私が、って最初は面食らったけど……、本音を言うと、嬉しかったかな」

彼女は何かを確かめるように、自らの掌に視線を落とす。

「結局、手相が気になるのと似たようなものじゃないのかな。自分に人より秀でた能力なんかないのはわかってても、良い運勢ですって言われたら悪い気はしないじゃないですか。憧れみたいなものを簡単に満たすことができるでしょう？　だから、何の特徴もなかった私みたいな古川世代の方が、夢を見ちゃった部分は大きいと思うけどなぁ」

今は良い意味で「平凡な」主婦として暮らす彼女にも、当時は様々な甘言や誘惑があったことだろう。彼女は自らの手相に、人から羨《うらや》まれる「特別さ」を見出せたのだろうか？

◇

「古川世代の源流」とされた古川姓は、前述のごとく五人いた。その内の四人は、冒頭で私が取材をした旧姓古川たちだ。

五人目の古川姓は、古川友哉《ゆうや》。「源流」の一人として選ばれた彼は、整った顔立ちだったこともあって、すぐにスカウトの目にとまり、俳優としてデビューを果たした。古川世代の芸能界入りは珍しいことではなかったが、「源流の五人」の一人とあって、その人気ぶりはすさまじかった。

彼の芸能活動には、ある特徴があった。他の古川世代の芸能人が、自らの「世代」を最大限に利用して自己アピールを行ったのとは対照的に、彼はデビューのきっかけこそそうであれ、以後は一切、世代について口を閉ざしたことだ。

インタビューや対談でも、彼が古川世代について語ることはなかった。事務所の方針なのか、彼自身の考えによるものなのかは定かではないが、それが彼の神秘性をいや増し、人気を押し上げていった側面は大きかっただろう。

デビューした年にいきなり映画の主役に抜擢され、映画賞の最優秀新人賞候補になるも辞退し、テレビよりも映画や舞台を中心とした活動を行った。そうしたストイックさで、他の古川世代芸能人とは一線を画す存在として位置付けられるようになっていった。

思えばその頃が、古川世代が持てはやされた最後の時代であった。蠟燭《ろうそく》が、消えかける瞬間に一際明るく輝くように……。

◇

古川世代という呼称の意味合いは、時期によってまったく異なる。彼らが二十二歳から二十五歳までの「絶頂期」と、二十六歳から二十八歳までの「迫害期」に分類されている。

転機となったのは、二つの出来事だった。

一つ目は、「古川世代難病エイド」事件。難病のために海外で臓器移植手術を行わなければならない一人の古川世代に、ニュース番組が密着取材を敢行した。世間は同情一辺倒だった。救済に向けての募金までもが開始され、ほんの数週間で必要額の数倍にのぼる寄付金が集まり、手術は成功裏に終わった。

善意の集まりに世間が沸き立つ中、新聞に小学生の一通の投書が掲載された。

「古川世代の古川姓は優秀なはずなのに、どうして手術代も自分で用意できなかったの？」

初めて投げかけられた疑問符であった。小学生の率直な意見だっただけに、「古川世代＝優秀」という条件反射を起こしがちだった人々を立ち止まらせる効果があったのだろう。

——古川世代は、本当に優秀なのか？

最初は、様子見のような空気が流れた。

「空気」は実体を持たないからこそ、いつの間にかその場を染め上げてしまう。「古川世代の優秀性に疑問を差し挟んではならない」という「空気」は、誰がつくりだしたとも特定できず、それ故になおさら、人々を縛った。だが、一旦「異臭」が混じると、途端に空気は変化してしまう。呼吸そのものが変わってくるのだ。

決定的な契機となったのが、「古川世代集団詐欺被害事件」だ。

ある民間会社が、「古川世代の優秀性への投資」と銘打って、一般市民から資金を集めていたのだ。「才能はあるが事業資金のない古川世代に投資して、確実で高利回りな運用を！」という謳い文句に、人々は飛び付いた。古川世代ならば何をやっても成功すると刷り込まれた人々にとっては、手堅い投資対象に思えたのだ。

結果的に、持ちかけた会社が集めた金と共に雲隠れするというお決まりの展開によって、詐欺が発覚した。被害者は四千人強、被害総額は四十億円にも上った。

この事件など、古川世代自体も被害者のようなものだが、裏で糸を引いていたという情報（後に誤報と判明）が先行していたこともあり、怒りの矛先が向けられることとなった。

結局のところ、植草教授の調査が示すごとく、苗字が古川だからといって、それだけで有能な人物であるはずもないのだが、人々は催眠術が解けたように、「現実」に目覚めてしまった。

古川世代は、「期待に応えられなかった存在」として、次第に疎まれるようになった。特に、古川姓というだけで試験もなしに一流企業に迎えられた者たちへの風当たりは、相当なものだったという。

勝手に期待のハードルを上げておいて、今度は掌を返したように貶《おとし》める。当の古川姓の者たちにとっては、台風が急激に進路を変えて直撃したような不意打ちだったろう。

「ジェットコースターに乗ってるみたいだったなあ。あの頃ってのは」

名倉俊次（旧姓古川）は、アイスコーヒーのグラスを持ち上げ、ジェットコースターに見立てて乱高下させた。

「古川世代って高い下駄を履かされてふんぞり返ってて、いきなりその下駄履いたまま徒競走に出ろって尻を叩かれるんですよ。そりゃあ、戸惑いもしますよね」

当時のことは思い出したくもないというように、大げさに身震いする。

「もっとも俺も、古川姓だってのを利用して、調子に乗ってたのは確かだからね。その跳ね返りもあったんだよな」

「名倉さん自身は、ご自身の能力をどう評価していましたか？」

彼は足を組み替え、店内の鏡に映る自分の姿を他人のもののように眺めていた。

「ああいうのも、一種の洗脳って言うのかな？　毎日毎日、お前は古川姓だから優秀なんだって刷り込まれるわけだよ。良いことは人の数倍褒められて、悪いことしても、古川姓だから大目に見ようって言われてさ。自分が特別な存在なんだって、うぬぼれない方がおかしいんじゃないかな？」

周囲が無条件で信じ込んでいたように、彼ら自身もまた、自らの資質を疑う権利すら奪われていたのだろう。

古川世代という呪縛は、誰かが仕組んだわけではない。私たち一人一人が、「疑わない」という消極的な意思によって、薄く、そして強固に張り巡らせたのだ。

「誰が」と特定できないが故に、犯人捜しは不可能だ。だが、特定できないということは、誰を犯人に仕立て上げることも可能だということだ。「古川世代」とは、古川姓の人々の自作自演だったのだという噂が、いずこからともなく流れるようになった。

古川世代に対して生じた疑問は、それを検証する方向へは向かわなかった。悪意の矛先は、手っ取り早く本人たちへと向けられた。それが、「古川世代バッシング」だ。

機を見るに敏な週刊誌は、一気にバッシングへと与《くみ》した。つい昨日まで闇雲に古川世代を持ち上げていた筆も乾かぬうちに、古川世代の優秀性なるものには、何の根拠もないことを暴き立てたのだ。お得意の、わざと読者の反感を煽るような記事の書き方で。

一旦できた「流れ」は、自らの重みによって坂を転がり落ちるように、一気に加速した。当時の新聞は、あてつけのように古川世代の「犯罪」を暴き立てた。車のスピード超過といった軽犯罪すら実名報道され、所得税申告のほんの数千円のミスすら、「脱税」と決めつけられ、徹底的に糾弾されたのだ。

ネット上では、マスメディアの論調に大義名分を得たとばかりに、悪乗りがエスカレートしていった。古川世代を捜しだして住所を特定し、ストーキングする輩《やから》まで出現した。それは次第にヒートアップし、ついには古川世代を待ち伏せてリンチするという「遊び」までもが流行りだした。

取材した古川世代も、この時期には大なり小なり、何らかのバッシング被害を受けていた。斎藤輝也は「古川世代狩り」の襲撃を受け、名倉俊次は会社の業績悪化の責任すべてを負わされる形で職を追われ、武田清美は偏執的なストーカー集団につけ回されたという。古川世代は逼塞して暮らすことを余儀なくされた。もちろん古川姓の芸能人たちもしかりだ。なし崩しに引退するか、活動休止に追い込まれていった。

そんな中、古川友哉だけが普段通りの仕事をこなし続けた。元々、バラエティー番組や対談等のテレビには出演していなかっただけに、彼の真意は知れなかった。

表面上、彼はバッシングをまったく意に介していないように見えた。かつてはそれが「クール」と評された彼だが、今やその近寄りがたさが徒《あだ》となり、古川世代以外を「見下している」との悪評のレッテルが貼られてしまった。

彼が仕事を干されなかったのは、ある意味、「見せしめ」の意味もあった。出演映画の完成試写会での記者会見で、観客から生卵をぶつけられたことがある。司会者が薄笑いを浮かべる中、平然と話し続ける古川友哉の姿は、バッシング慣れした人々にとっても異様に映っただろう。

その年の古川世代の犯罪被害件数は、数百件に上った。

◇

政府は、古川世代を標的とした事件の続発に、本腰を入れざるをえなかった。とはいえ、そこで示された解決策は、極めて直接的なものであった。

十年前の十月二十五日、政府は古川世代に、古川姓を名乗ることを禁じた。それが、世に言う古川世代の「強制改姓」だ。

「差別をなくす」という命題には、両極端な対処法がある。

きちんと差別の実態を伝え、二度と同じ形での悲劇が再発しないように周知、教育を継続して行うべきであるという考え方が一つ。

そしてもう一つは、教えなければ差別も生まれなかった……、いわゆる、「寝た子を起こすな」という主張だ。

強制改姓はまさに後者で、付け焼刃で緊急避難的な措置であった。古川世代という考え方にはまったく根拠がないと根気強く訴えることこそが、問題解決の唯一の方法だったのではないか？　だが政府としても、この問題に正面から向き合う気はさらさらなかったろう。「これ以上、古川世代関連で面倒を起こしてほしくない」というのが、偽らざる本音だったはずだ。

古川世代の古川姓は、一人残らず他の苗字に改姓させられ、この国には一人も存在しなくなった。私が取材した古川世代も皆、「旧姓古川」となったのだ。

ただし、古川友哉ただ一人だけは、「旧姓古川」ではない。古川姓のままだ。彼はまるで、古川姓の純血性を守るために殉じたかに見える。

強制改姓の直接的なきっかけとなったのも、彼の死だった。

◇

こうして古川世代は、時代の徒花のように咲き誇り、枯れていった。それは、肥料の与えすぎで立ち枯れたとも言えるし、根こそぎ引き抜かれたようでもある。いずれにしろ、花の姿は消え、人口に膾炙《かいしや》することもなくなった。

そうした状況が考慮されたのだろう。この春、十年ぶりに強制改姓措置が解除されることとなった。私が「旧姓古川」たちに取材しようと思い立ったのも、今ならば彼らに迷惑がかからないだろうと判断してのことだ。

つまりは自主規制であり、具体的な、取材を躊躇させるような「圧力」があったわけではない。私自身が、今まで取材しようと思わなかったという事実こそが、この問題を端的に示している。「触れてはいけないこと」「探ったら、やっかいが生じる可能性があること」として、無意識のうちに避けて通っていたのではないか。

その意識を醸成したのが、インターネット上の検索忌避という措置であることは、疑いようがないだろう。きちんとした法律や規則としての形を取らない玉虫色の規制ゆえに、ネットの範疇《はんちゆう》を超えて広範に人々を縛った。それは、私自身もまた然りだ。

私は、制度を導入した張本人に話を聞くべく、教育文化省の情報管理局を訪ねた。

「言葉狩りをするつもりは、まったくありませんでした。むしろこの規制を通じて、ネット上の表現活動についての意見交換が活発化し、発言ルール的なものが生まれれば、という理念の下に導入されたものです。もちろん、その理念は今も変わっていません」

当時、情報管理局で検索忌避システム開発に従事していた高木稔は、自らがその「理念」を体現するように、厳格な語り口であった。

ネット上での匿名性を悪用しての過激な中傷や個人情報の侵害は後を絶たない。何らかの規制が必要とされていたのは確かだ。だが、相手は顔の見えない不特定多数であるだけに、手綱を引くことは難しい。

「ですが結局のところ、『指針』は絶対的な縛りとして、ネットの範疇を超えて自主規制を迫り、充分に『言葉狩り』として機能していますよね?」

週刊誌『プライム・ゲート』が、古川世代騒動を煽った首謀者として廃刊「させられた」のも、検索忌避制度が開始された直後のことだった。

「これは、古川世代という用語に限ったことではありませんが……」

彼は見えない「網」に取り込まれてしまったように、身を縮こめた。

「我々としましても、検索忌避の縛りが強すぎて、表現の場が硬直した、というのであればいくらでも規制を見直し、縛りを緩めることができます。しかし、検索各社をはじめ、報道・出版業界は、まるで自ら望むように、縛りを率先的に強めていったんですからね」

自らの思惑を超えて動き出した機械を前にしたように、彼は腕組みをした。

「私共への問い合わせも、『この用語は忌避対象なのか?』という質問ばかりで、なぜこの用語がそうした扱いを受けるのか、という問題提起や異義申し立ては、ほとんどありません。むしろ、基準があった方がやりやすいのだといわんばかりにね」

これもまた、世の中が総マニュアル化した弊害だろうか。本来ならば機械操作など、「ある操作をすると、この作用が生じる」と決まり切っている分野でこそマニュアルは有効なのだ。人と人との思いの機微までもが、「マニュアル化」できるはずもない。

だが、他人が勝手に定めてくれたマニュアルがあれば、気楽でもあり、問題が生じた際に責任を追及されることもない。効率化や単純化のためだけにマニュアルがあるのではない。面倒を避けるためにも必要とされるのだ。

「では、検索忌避という規制は、古川世代についての言及そのものについては、制限をかける意図はまったくなかった、ということですか？」

「検索忌避はあくまで、誹謗中傷するネット上の情報に、人々を安易に誘導しないための措置です。古川世代についての言及が悪意としてではなく、問題提起や意見表明を目的としたものであれば、まったく問題ありません。言うまでもなく、ネット以外の分野については、私共の指針の埒外《らちがい》にあります」

彼の断言は、その分だけ、望まれる「現実」から実態が遠ざかっていることを物語っていた。

「我々は、臭いものに蓋をしたいわけではありません。ですが、結果的にはそうなってしまっています。臭いものを、見なかったことにして、上手に避けて通ろうとしている……。本来は、そのことの方が、差別よりもずっと深刻な問題なのかもしれませんね」

◇

何はともあれ、古川世代の「旧姓古川」たちは、十年ぶりに復姓が許可された。もちろん、それぞれ新しい姓にすっかり慣れてしまった頃合いだ。今さら古川姓の復帰を許すと言われても、思いは複雑であろう。

それを考慮してか、復姓は強制ではなく、今の姓を継続してもいいし、古川姓に戻ってもいいという柔軟なものとなっている。

取材した「旧姓古川」たちは、それぞれの反応を見せた。

名倉俊次は、「どうすっかなぁ、また変な差別が始まってもやっかいだしなあ」と、復姓には懐疑的だった。

「部署が変わったわけでもないのに、苗字が変わりましたなんて名刺配り直すのもなぁ」

バッシングされた不遇の時代を乗り越えて、肩書きによらず自らの手腕で営業成績を挙げてきたという自負が、古川姓へのこだわりを薄れさせているのは確かだろう。

「旧姓が必要になるのって、同窓会の名簿なんかで、旧姓○○って書き添えられる時くらいでしょう?」

水木紀華はあっけらかんと言って、もはや古川世代という言葉自体を、自らとは無関係のものとして笑い飛ばした。彼女自身は、バッシング直前の二十四歳で結婚によって姓が変わっていたので、古川世代の中では最も幸運な一人だと言える。

武田清美は、名倉や水木とは違う、微妙な反応を見せた。

「私、今までに四回、姓が変わってるんですよね」

吉村姓→母親の離婚で古川姓へ（十三歳）→強制改姓で武田姓（二十八歳）→結婚により亀井姓（三十歳）→離婚で再び武田姓（三十三歳）、という変遷だ。おそらく古川世代でも、彼女ほど姓に翻弄された者もいないだろう。

「だから逆に、もうどうでもいいって思えちゃうの。どの姓だろうと、私は私だしね」

投げやりとも取れる口調には、姓に翻弄されてきたからこその倦厭《けんえん》が漂うようだ。

「ずっと役者やってきたからね。毎回違う名前の、違う役を演じるわけ。だから、古川って姓も、私の演じた役の一つって思ってればいいんじゃないかな」

その「私」が否定され、姓によって画一化されてしまったのが、古川世代の問題の根幹なのだ。演じ続けることで、逆説的に「私」にこだわらざるを得なかった彼女にとって、古川という姓は、「取り戻す」ものだろうか。それとも「戻される」ものだろうか。

「まあこの先、結婚することもないだろうから、母親と同じ古川姓の墓に躊躇なく入れるってのには、ほっとしてるんだけど」

彼女はシニカルに笑い、三ヶ月後に控えた復帰作となる舞台のチラシに目を落とした。出演者の欄には、「古川清美」と記されている。

◇

「結局、古川世代って、なんだったんだろうな?」

ようやく競りの熱気も静まってきた朝の十時過ぎ、斎藤輝也は磨き上げたステンレス台を満足そうに見下ろしながら、自問するように呟《つぶや》いた。彼は強制改姓時に、最後まで古川姓を捨てることを拒んだ一人だった。

「誰かが悪意があって広めたんなら、怒りのぶつけようもあるじゃないですか？　だけど、誰が言い出したともなく始まって、誰が扇動するでもなく広がっていったんだから、拳《こぶし》を振り上げても、下ろす場所がないんだよな」

かつてのわかりやすい「正義vs.悪」の図式は、今や子ども向けのアニメの中ですら通用しない。

「強制改姓解除後は、古川姓に戻りますか？」

即座に「もちろん！」と答えが返ってくるものと思っていたが、彼はしばらく、答えを出しあぐねるように顎を撫でていた。

「もう、俺一人だけの問題じゃないしな」

彼の二人の子どもたちは、斎藤姓を当たり前のように受け入れている。今さら古川姓に戻ると言っても、当惑するばかりだろう。父親の古川姓への葛藤も、知らずに育ったはずだ。

「古川友哉さんのことは……」

ネット上で、「源流の五人」と認定されて以後、古川友哉は突然、この市場に彼を訪ねて来た。それをきっかけに二人は、親交を深めて行ったという。

「あいつは、一人で抱え込みすぎるところがあったからなぁ……」

俳優としてデビューするまでの古川友哉は、地図作製のための測量員として働いていた。「源流の五人」に認定されなければ、魚市場で働く彼との接点はなかっただろう。

「まったく違う人生だったからこそ、互いを認め合えた部分はあったんじゃないかな」

親交を自らも不思議がるように、彼は首をひねった。

「あいつのためにも、俺は捨てたくなかったんだよ。古川って苗字をさ」

煙草の吸殻をきちんと携帯灰皿に押し込んで、唇をゆがめる。磨き上げたステンレス台が、彼の表情を写し取った。頬に残る痛々しい傷さえも……。

古川世代バッシングの際に、襲撃された跡だった。

「今となっちゃ、戻さずに『旧姓古川』って言い続ける方が、意地の張りようもあるってもんかな、と思ってね」

決して消えない傷の手触りを確かめるように、彼は顎を撫でる。その傷にはまさに、古川世代の辿ってきた運命そのものが刻まれている。

「俺たちは振り回された。だけど肝心の、振り回した相手が誰だかはっきりしない。だからこそ、見えない相手に、拳を振り上げ続けなきゃならないんだ」

◇

取材の終わりに、私はある場所を訪れていた。

高架駅のホームの端からは、大きな川と堤防が見渡せた。私はその川を一瞥し、急な階段を下りて改札を出た。広場をつくるだけのスペースもない狭い駅前に、間口の狭い商店がひしめき合っている。

　その日、古川友哉は、この風景をどんな思いで見渡したのだろう。私は十年前の彼の足取りを追うように、狭い歩道を町はずれまで歩き、薄暗い公園に辿り着いた。古川友哉が、「最期の地」として選んだ場所だ。

　古川という苗字に苦しめられた者が、古川と名付けられた場所で自らの命を絶つ。それは彼なりの、そんな境遇へと自らを追い込んだ者への、精いっぱいの復讐だったろうか？

　当時の新聞には、彼が首を吊って死亡しているのが発見されたという記事があるのみで、自殺の動機については触れられてはいなかった。

　海抜〇メートル地帯でもある古川は、昔ながらの下町の風情《ふぜい》で、雑多な低層住宅がひしめき合っていた。古くからやっているらしい煎餅店を見つけ、気さくに試食を勧めてくる女主人に、話を聞いてみる。

「このあたりの古川っていう地名は、何か由来があるんですか？」

「ああ、昔は川が流れてたのよ」

「やっぱりそうですか」

「駅の近くに大きな川があるでしょ？　あれが整備される前は、この辺を蛇行しながら流れてたんだってさ」

　彼女は川の蛇行を示すように、空中で手をくねくねと揺らした。

「川は、どのあたりを流れていたんでしょうか？」

　住宅が密集する街並みには、川の蛇行の痕跡など見つけることもできなかった。

「百年以上前のことだからね。詳しいことはわかんないねえ」

煎餅を包みながら、女主人は興味もなさそうに首を振った。

百年以上前に川の姿は失われながら、今もなお、川から逃れられないかのように「古川」という地名で呼ばれる場所だ。元測量員で、地名にも造詣が深かったであろう古川友哉は、そのことを知っていたのだろうか？

私は煎餅の包みを抱えて、城壁のように立ちはだかる高い堤防を上った。そこには、改修されて真っすぐな流れとなった、「旧姓」古川が流れていた。川は、かつて自分が流れていた曲折など知らぬげに、悠々と水をたたえている。古川友哉も、自殺の前に、この堤防から川の流れを眺めたのであろうか？

「私には演技論のような大それたことは言えません。演じる上でいつも心がけているのは、川の流れのようでありたい、ということです」

生卵をぶつけられた舞台挨拶で、彼は髪から卵の黄身をしたたらせながら、自らの演技を「川の流れ」にたとえた。

「川の流れは、昨日と変わらぬ姿に見えて、目の前の水はすべて、昨日とは入れ替わっています。それと同じで、人の思いは常に、川の流れのように移り変わってゆくものです。川は人々に恵みを与えながらも、時に干上がることによって人を渇望させ、時に氾濫することで恐怖に陥れます。同じ人物の同じ表情の中にも、菩薩のような心も、般若のような心もある。この人物はこういう性格だから、こういう演技をすべき、という考え方はしたくありません。変わらないように見えて、本質はまったく違う。変化を繰り返しながらもなお、変わらずにいる。川の流れのような演技ができることが、私の理想です」

それは確かに、自身の演技への思いの吐露だった。だが同時に、「川の流れのように」表向きの姿は変わらぬまま、古川世代賛美からバッシングへと「水」をすっかり入れ替えてしまった人人への、隠れた異議申し立てではなかっただろうか？

彼の言葉を思い返しながら、私はしばらく、堤防からの風景を眺め続けた。川の水は、五分前とはすっかり入れ替わっているはずだ。だが川は、何も変わることはないかのように、目の前にある。古川世代もまた、時代と共に毀誉褒貶《きよほうへん》は激しく移ろったが、変わらず存在し続けている。その呼称が、人々から忘れ去られてもなお……。

今もまた、新たな「世代」が生まれているのかもしれない。それが「前田世代」なのか、「中村世代」なのかはわからない。

その時、我々はまた、同じ過ちを犯すのだろうか。

踏んでいる者には、踏まれた痛さはわからない。踏んでいるかどうかもわからない状況では、痛みを感じる「誰か」が存在することすら、思い至ることもない。

気まぐれなる何者かの息吹によって、物事は流行り、廃れる。我々はいつも、その風向きを見誤り、誰かを犠牲にし続けるのだろう。

ガミ追い

変わる追い、変わらぬガミ

私たちの住むこの星系には、未《いま》だ確認されていない「惑星X」が存在するかもしれないそうだ。それが本当に実在するかどうかは、未だ確証はない。しかしながら、既存の惑星の軌道に、現在発見されている惑星の配置だけでは説明できない要素があり、ある地点に未知の「惑星X」があると仮定すれば、すべての動きに辻褄《つじつま》が合うのだという。

遠い宇宙の話だからこそ、そこにはロマンがあり、我々も興味本位でいることができる。

だが、それが我々のすぐそばにいる存在であるとしたらどうだろうか？　目に見えず、音も立てず、触れることもできない「何か」が、すぐ隣を通り過ぎているとしたら……。

そんな存在を追い求める人々がいた。六十年以上前、そして現代に。

それぞれ、まったく違う形で……。

◇

首都西部、野木沢《のぎさわ》駅北口の繁華街から、今回の「追い」は始まった。

彼ら……、いや、「彼ら」という表現は、適切ではないかもしれない。合計十二人の「一行」は、統一した装束を着ているわけではない。思い思いの私服姿の、二十一歳から三十二歳までの若者たちだ。

しかも、統一行動を取っているというわけでもない。ある者は徒歩で、ある者は地下鉄を利用し、またある者は原付や車を使ってと様々で、半径一キロメートルほどの範囲に、十二人が点在している。

ただ一つ共通しているのは、携行できる通信デバイスを手にしている点だ。とはいえ、最近ではそれも珍しい光景ではないだろう。

「今日の『ガミ』は、動きが速《はえ》えな……」

同行させてもらった山岸は、一行の中では最年少の二十一歳だ。着古したTシャツにジーンズ、背中にギターケースを担いだ姿は、繁華街でいくらでも見かける享楽的な若者の一人に過ぎない。

彼の手にするデバイスには、周辺の地図が表示されていた。

「スピードは、どれくらいですか?」

「そうっスね……。今はだいたい、時速五キロくらいかな」

答えながらも、彼はデバイスから視線を外そうとしない。画面上には地図以外にも、各「追い師」への指示も逐一表示されるようになっている。

「ガミは、いつもこんな街なかで追うんですか?」

最初に「ガミ追い」の話を聞いた時には、山奥で猟犬などを仕立てて集団で獣を追い込む、一種の「狩り」の姿を思い浮かべたものだ。こんな都会で普段着のまま、地下鉄やバイクを駆使しての「追い」など、想像だにしていなかった。

「ガミには、自然とか人工って区別はないんじゃないっスか？　高層ビルだって、ガミにしてみりゃ、そびえ立つ山にしか見えてないのかもしれないっスね」

注意を促すブザー音が鳴り、山岸向けの指示がデバイスに表示された。

「地下鉄に乗って、先回りしろって指示っスね」

手近な地下鉄の入口から、山岸は階段を早足で駆け下りた。

「昔のガミ追いでは、考えられなかった移動方法ですね」

「まあ、何を使って追っちゃいけないってのはないんで……」

山岸の反応は薄い。どうやら、かつてのガミ追いについての知識は、ほとんど持ち合わせていないようだ。

「地下鉄内でも通信が可能になって、随分便利になったっスよ」

デバイスの地図上では、ガミの兆候を示す青い「点」の集積地を取り囲むようにして動く、「ガミ追い」たち十二人の位置が、星印で示されていた。

「赤い星が指示役の小早川さん。水色四つが徒歩&地下鉄組。緑四つが原付&バイク組。黄色の三つが車組っスね」

「ガミがいるであろうと推察される場所」を中心として、ある者は追いかけ、ある者は脇を固め、またある者は待ち伏せをするという「布陣」が、一目瞭然であった。

「三つ先で降ります。ガミが運よく東に動いてくれれば、俺が捕獲できるかもしれないっスよ」

捕獲は未経験とあって、隠しきれない興奮が伝わってくる。

「捕獲の際の、十二人それぞれの役割分担などはあるんでしょうか?」

「特にないっスよ。小早川さんがガミの動きと俺たちの位置を見た上で、その場所に一番早く着きそうな奴に指示を出すんスよ。最初に接触できた奴が捕獲するってことっスね」

「つまり、一行の誰でも、ガミに近ければ捕獲することができるということだね?」

「ええ、そうっスけど……」

念押しした意味がわからないのか、彼は曖昧な声を発した。

――昔とは、随分違うものだな……

私はその言葉を、心の内で呑み込んだ。鞄の中には、七十年前の「ガミ追い」について取材した一冊の本、『ガミと共に生きる』が入っていた。

◇

《追ひ師たち》
ガミ追ひは一種の漁である。それは波の底に隠れて見えぬ魚影を追ひ求むるに良く似る。漁師が潮の流れのわづかな変化や海鳥の飛び交ふ様から、見えぬ魚影を予想するごとく、追ひ師はガミの居場所を様々な兆候を元に導き出すのだ。
追ひ師の一行は、翁《おきな》一名、中労《ちゆうらう》四名、眼路取《めじとり》四名、鳴足《なりあし》三名の、合計十二名よりなる。

「この一帯が、ガミのある場所だ」

中労、渕上禎夫《ふちがみさだお》の発する「ある」は、「物が在る」といふ場合の語感とは異なる。神仏の「おはします」といふ意味での「ある」に近い。

「ガミは常に所を定めず漂ふやうに移ろふ。我々は、目に見えぬ気配を追ひて、ガミを手中に収めるのである」

ガミ追ひを率ゐる翁、遠竹文定《とほたけふみさだ》は、齢《よはひ》八十にして矍鑠《かくしやく》とし、声に衰へを見せない。

「見えぬ気配をどうやつて追ふのでせうか」

「理由のわからぬ身体の不調を感じたことはないか」

「と云ふと？」

「例となれば、歩いてをりて突然不安が訪れたり、気分がすぐれなくなつたり……。はたまた原因不明の頭痛や腹痛、足の痛み等に襲はれることは？」

身体の不調とまではいかずとも、何かしら普段と違ふ感覚は、誰もが時折感じるはずだ。

「さうした変調の多くは、ガミがすぐ横を通り過ぎたからである。ガミは一切の気配を持たぬ故、体感した影響だけが、変調となつて現はれて来るのだ」

ガミは目に見えず、音も立てず、触れることもできぬ。

それでもガミは存在する。彼らにとつては。

彼らはガミと共に生きる人々、ガミ追ひだ。

「気配が消えちゃったみたいっスね。次の駅で降りて、近くの公園で待機しろって指示が出ました」

山岸が気落ちした様子で、シートから立ち上がる。我に返った私は、慌てて本を閉じた。地下鉄を降り、一旦地上に出る。

「やっぱり平日は、気配を追うのも難しいな……」

出鼻をくじかれた様子で、山岸の足取りも重い。

◇

繁華街のはずれの小さな公園に、一行十二人のうち四人が集合する。

「気配が消えたら、こうやって数人ずつ一ヶ所に集まって、再び現れるのを待つんスよ」

四人の中には、現代に「ガミ追い」を再興させ、一行を指揮する小早川菜摘《なつみ》（三十二歳）の姿もあった。

「一行の十二人というのは、過去のガミ追いに倣ってのことですか？」

「いえ、これは単純にプログラミングにより導き出されたものです」

小早川の答えは、私の期待を裏切るものだった。

「その日の気候や道路の混雑状況、鉄道網のカバー率などから、最適の追跡人数が導き出されます。もちろん、人数が多いほど早く捕まるでしょうが、費用対効果も踏まえての決定です」

アルバイトのシフトを決めるマネージャーのように、小早川の答えはそつがない。取材を進める中で、私はまだ一つも、かつてのガミ追いとの共通項を見つけ出すことができずにいた。

「小早川さんは、ガミをどんな存在と認識して追っていらっしゃるんでしょうか。そもそも、ガミとは生き物なのでしょうか?」

「さあ、どうでしょう?」

事前の取材依頼のメールに、「どうぞ」と簡潔な返事のみを寄こした小早川は、ここでもそっけない。

「それを知ったところで、追い方が変わるわけでも、ガミの価値が増減するわけでもありません。それならば、私たちがその存在の定義を、あれこれ考える必要はないんじゃないでしょうか」

割り切っているのか、合理主義なのか、彼女は私もガミも、自分の周囲に寄せ付けようとはしなかった。

――ガミとはどんな存在なのだろう?

私がその問いを小早川に向けたのは、『ガミと共に生きる』における、追い師の言葉が心に残っていたからだ。

◇

《ガミとは何か》

「ガミとは、生き物なのでせうか？」

ガミ追ひの中労、中垣宗雄は、しばし無言で空を見上げた。雲は二層を為《な》し、高雲は固定されたやうに動かず、低き雲は足早に飛び去つて行く。

「空に浮かぶ雲は、時に生き物以上に複雑な動きを見せる。とは云へそれは雲の意志にはあらず。風の動き、気温や湿度、星の自転など様々な要因によつて自在に変化するものである。それとは逆に、苔などの地衣類は、我々人間の目からすればまつたく動かず、ややもすれば置物のやうでもある」

「確かに」

「それを頑是《がんぜ》ない赤子が見たならば、雲が生きてをり、苔は生きてをらぬと考へるであらう」

「さうかも知れません」

「ガミは人智の及ばぬ存在である。生きてゐるのか、単なる現象としての動きなのかは、我我には知る由もなく、知る術《すべ》もない」

突き詰めるならば、我々は生きてゐるのか、それとも生かされてゐるのかといふ疑問に行き着いてしまひさうである。目には見えぬ存在を、人の基準で定義づける方がをかしな話であらう。

新入りの眼路取、柳澤貴にとつては、今日が初めての追ひであつた。

「早くガミを捕まへられるやうになりたいだらう？」

柳澤はむきになつたやうに反論してきた。

「それは俺が望むことではない。ガミが捕まつてもいいと思ふならば、何もせずとも手の内に入るでせうし、捕まりたくないならば、いつまでも捕まらないでせう」

ガミは捕まへるものではなく、捕まへさせてもらふものであるやうだ。彼らにとってガミ追ひとは、ガミによつて、覚悟や生き様を試される場でもあるのだ。

◇

——覚悟か……

私は本から顔を上げ、現代と過去の「追い師」たちの姿を重ねてみる。

リーダーの小早川は離れたベンチに一人座り、デバイスの「ガミ」の兆候復活を待ち続けている。他の三人はそれぞれ、スマートフォンのゲームに無言のまま興じていた。

ガミの気配が復活するまで、もうしばらくかかりそうだ。「追い」が再開するまでに、もう一度かつての「ガミ追い」をおさらいすべく、私は再び本を開いた。

《まかり越し》
一旦始まつた追ひは、ガミを手中に収めるまで、昼夜を分かたず続く。
鳴足は悄盤《せうばん》と呼ばれる手持ちの鐘を打ち鳴らし、追ひ師の居場所を近在の住民に知らせ続ける。住民らの助力なしには、ガミを追ひ詰めることはできない。

鐘の音を聞きつけ、田畑の農夫たちは働きの手を止め、屋内にある者もまた、戸外に姿を見せる。

西の一帯で農夫たちの幾人かが白旗を振つた。ガミの通り過ぎた気配である身体の変調を覚えた者だけが、追ひ師に知らせるのだ。それにより、追ひ師の進路は自づと定まる。

「今は遠巻きにして、徐々に包囲網を狭めてゐる段階だ」

中労の中垣が一帯の地図を広げる。ガミを追ふのは彼らの一団だけではない。四つの方角から同じ十二人の一隊が、つまり計四十八人の追ひ師が、一体のガミを捕獲すべく動き続けてゐる。

眼路取は常に隊より先行して走り、ガミの進路を一行に知らせる。沢や崖など直進が叶はぬ場所で迂回路を確保するのも、彼らの役目だ。

遠見をしてゐた翁が、手にした軍配を東へ差し向ける。長年の経験より、ガミがどちらへ進むかを見極めるのだ。その姿は、潮目を読み、海の底の魚群の向かふ先を過たず読み取る漁労長のやうでもある。

「ガミはもう、こちらに気付いてゐるのだらうか」

見習いの柳澤は強く首を振つた。

「ガミは常に変はらず、我々を相手にはしない。我々は追つてゐるが、ガミは追はれてはゐないといふことだ」

（中略）

崖下より攻め上つた別の一隊が、煙を蹴立てるやうに前方より出現した。

「囲むぞい！」

「ほぅ！」

独特なる応声を交はし合ひながら、四隊はガミを中心に反時計回りに陣を回す。

「むさぐぞぉ！」

むさぐとはガミ獲りの用語であり、塞《ふさ》ぐより転じたと思はれる。ガミを四方から封じ込め、行き場をなくすことによつて捕獲するのだ。

各隊より一人づつ、四人の中労が進み出て、ガミを捕らへる網であるササゲを広げた。ガミから作られたといふササゲは、目には見えなかつた。すべてをすり抜ける存在ゆゑ、ササゲのみがガミの進行を阻み得るのだ。

「お迎へせよ！」

翁の号令で、陣形が変はつた。ガミ獲りの山場である。

ササゲを差し出す中労は、毒蛇に素手で対峙するやうに、腰が引けた体勢を保つ。恐れではない、畏《おそ》れより生じたる所作である。

ガミを中央に、中労たちはササゲを振りかざし、舞ふがごとく集ひ散る。ササゲが見えるのであれば、流麗に翻る様が見て取れたであらう。一際大きくかざされた姿のない網が、見えないガミの上に覆ひ被《かぶ》さる。

「まかり越した！」

追ひ始めより三日を経て、追ひ師はガミを手中へと収めたのだ。

◇

「ガミ追い」は、六十年前に、一旦消滅した。

『ガミと共に生きる』には、ガミ追いが盛んであった頃の写真も収載されている。モノクロではあるが、彼らは一様に緋色の派手な装束を着込み、悄盤によって独特の「追い音《ね》」を響かせながら駆けたという。

それはガミに見聞きさせるためではなく、追いを行う周囲の村々に、ガミ追いが来たことを知らせるものだ。村人たちは、ガミの通り過ぎた気配……、つまりは悪寒や目まい、不安感や吐き気等を感じたなら、昼間は旗を振り、夜は松明《たいまつ》を揺らして追い師たちに知らせる。

そうした村人たちの協力によって、ガミの進む方向を探り、追い込んで行ったのだ。

つまりガミ追いは、ガミの気配を教えてくれる周辺住民の認知と協力、そして自由に駆けまわって追い込むことができる環境とが必要であった。それ故、爆発的な広がりをみせた郊外の「都市化」によって、ガミ追いは次第に窮地に立たされることとなる。

郊外に居住圏が広がったことで、都市住民が流入し、新興の人々はガミへの理解も乏しく、協力が難しくなった。

さらには、新住民のために整備された幅の広い道路、鉄道、そして交通量の増加が、効率的なガミ追いを妨げることとなった。ガミの軌跡のままに自由に野原を駆け巡るという従来の「追い」の手法が難しくなったのだ。

そうして、ガミ追いは消滅した。継続することができなくなった、というのが正確であろう。

◇

文献の中だけに残されたガミ追いを再興させたのが、一行十二人を指揮する小早川だ。

もちろん彼女とて、ガミ追いを消滅させるに至った要因を解消できたわけではない。現代のガミ追いは、過去とはまったく違う形で復活した。思ってもみない変化、SNS（ソーシャルネットワークサービス）の普及によってだ。

小早川は、ほんの三年前まで、ガミ追いのことをまったく知らなかったという。

「最初は、まったくの偶然でしたね」

ソフトウェア関連会社に勤めていた彼女は、その頃から一般に爆発的に普及しだしたソーシャルネットワーク上の、個人の「感情」を解析するシステム開発に取り組んでいた。

「解析プログラムで、不特定多数の人々がネット上に書き込んだ感情を視覚化してみたんです」

それは、「喜び」「悲しみ」「不安」「怒り」などの感情を色分けして、GPS画面上に分布を図示するというシステムであった。地域の住みやすさや居住者の求めるものを、住民感情の面から把握することができないかという観点で、開発が続けられていたものだという。

「様々な感情の分布をチェックするうち、『不安』や『悪寒』、『頭痛』などのキーワードの色分けだけが、ある特徴を持っているということに気付いたのです」

「特徴というと？」

「奇妙に、その発言の発生箇所が一ヶ所に集中していて、しかも、時間を追うごとに移動していくという点です」

その時点でも、彼女の中には「目に見えない存在」の影響を疑う思いは生じなかったという。

「たとえば、台風などの低気圧の接近で、体調を崩す人がいますよね。そんな風に、自然界の『何か』が影響して、人々に不安や倦怠を与えているのではないか。それが最初の推論でした」

そうして、何の影響であるかを探るうち、六十年前まで、人々の感情の変化を目印として「漁」をしていた事実があることに辿《たど》り着いたのだ。

「その結果、ガミ追いを消滅に追いやった存在が、今度は追いに威力を発揮することになったわけです。皮肉なことですけれど」

かつて田園地帯で行われていたガミ追いは、交通網による追跡路の遮断によって存続の道を断たれた。だが、SNSへの書き込みが多い都心部で再興されたガミ追いでは、逆にその「交通網の発達」が、追いを補助する形となったのだ。

こうして、SNSによって人々の意識の変化を把握し、公共交通機関や車を使って追うという、現代のガミ追いの形が完成したのだ。

「それからすぐに、ガミ追いを再興しようと考えたわけですか？」

「一つ訂正しておきますが」

小早川は神経質そうに頬をひきつらせて、デバイスに落としていた顔を上げた。

「私はガミ追いを『再興』したわけではありません。ガミという存在を確認し、かつてのガミ追いの手法を学びはしましたが、それを過去と結び付けて語られることを私は好みませんし、何の意味もありません。ですからこれは、『再興』や『復興』ではなく、まったく新たな事業なのです」

「そうですか……」

確かに、同じ「ガミ追い」と名付けられてはいるが、二つはまったくの別物であった。

◇

「兆候復活したぞ！」

高揚した声を発して、山岸がベンチから勢いよく立ち上がった。

デバイスをのぞかせてもらうと、確かに二キロほど離れた場所に、ガミによる反応と思われる青い点が密集し、ゆっくり東へと移っていた。

「座標P―18―31に移動……。一番近いのは第二隊ね。だとすると……」

小早川は、すぐさま四隊それぞれの役割を頭の中で組み立て、デバイスへと入力してゆく。指示の輻輳《ふくそう》や混乱を避けるためか、目の前に仲間がいても、決して直接の指示は与えようとしない。

彼女にとって山岸たちメンバーは、共にガミを追う「仲間」ではなく、画面の中での理想的な追いを実現するための「駒」にしか過ぎないのかもしれない。一行十二人が一丸となってガミを追い込んでいるというより、「ガミ」対「一人のガミ追い」という形が十二組あるようだ。追い師同士の連帯感というものはあまり感じられない。

「今度は地下鉄を乗り継いで、弥永原駅《やながはら》に向かいます」

指示を確認し、ギターケースを担ぎ直した山岸からは、先程までの覇気は失われていた。

「ガミは、弥永原駅方面に向かっているのかい？」

「進路は鎌岸駅方面ですから、側面っスね」

ガミの万一の方向転換に備えて、脇を固める位置だ。初めての捕獲をと意気込んでいた山岸にとっては、面白くない采配だろう。

小早川は、あくまでプログラミングが導いた最適の配置に人員を送り込むだけだ。そこに私情は一切、反映されないようだ。

◇

「ガミは、どんな状況だい？」

地下鉄を降りて地上に出た所で、山岸にデバイスを見せてもらう。

「都合よく、こっちに曲がって来てますよ。こりゃあ、ひょっとすると……」

確かに「ガミが存在すると推察される場所」は、台風が急激に進路変更したように大きく左へとカーブし、まさに我々を真正面から襲うようだ。

――交戦権、山岸――

デバイス画面上に、小早川からの新たな指示が出された。山岸を示す水色の星が点滅しだす。

「わっ、俺だ！」

彼は上ずった声を上げた。「交戦権」とは、何か戦闘系のゲームの中の用語のようで、違和感が残る。

背にしたギターケースを開ける。取り出されたのは、もちろんギターではない。ガミ獲り用の網、「ササゲ」だ。どうやらサイズがぴったりなので、ギターケースを収納容器として代用しているようだ。

時代を経て、ガミの捕獲法は様変わりしたが、この網だけは昔のままのようだ。もっとも、「網」とは言っても、私にも山岸にも、木製の外枠しか見えていないのであるが。

ガミ追いが消滅してから六十年間、地方の民俗博物館の倉庫に眠っていたものを譲り受けたのだという。博物館側としても、目に見えない「網」を展示するわけにもいかず、かといって破棄することもできないので、体のいい厄介払いの側面もあったのかもしれない。

「よし、いっちょ行くか！」

山岸は勇んで腕まくりをし、頭上に網を掲げた。しかるのち、振り回すでもなく、周辺をうろうろと走り回りだす。他の十一人も、相次いでこの地に集まってきたが、手助けをするでもなく、山岸の「交戦」の様を見守るばかりだ。

かつてのガミの「まかり越し」が、追い込み漁のように勇壮で、追いのクライマックスに相応《ふさわ》しい連携が見られたのに比して、現代のそれは拍子抜けするほどにシンプルで、まるで子どもがトンボでも追いかけるようだ。

五分ほどそうしていただろうか。山岸は、「そろそろいいかな?」と言って、網を下ろした。

「網には、ガミが入っているんでしょうか?」

ガミのみならず、それを捕らえる網すら見えないのだ。私にはどんな判断も下しようがなかった。

「まだ、わかりません。しばらく経《た》たないと」

小早川は、山岸が携えた網には一瞥《いちべつ》もくれず、端末画面を注視していた。

「人々の不快感情の集積が見られなくなったなら、それが捕まったという証です」

存在を立証できぬ存在ゆえ、捕獲もまた、感覚として確定できる要素は何一つ存在しない。移動の兆候が見られないという要因から、「捕まえた」という事実を類推するよりないのだ。

◇

デバイス上からは、ガミの兆候を示す、青い点の集積は消え去っていた。つまり、ガミは網の中に捕獲されている（と推定される）わけだ。

「よぉーし、終わり終わり」

「お疲れ～っス！」

　捕獲後は流れ解散のようで、一行はバイトの拘束時間が終わったようにおざなりに挨拶し合うと、てんでな方向へと撤収していった。山岸は「捕獲のボーナス、お願いしますよぉ！」と小早川に念押しすると、パチンコ屋へと消える。

　その場には、ササゲを手にした小早川と私だけが残された。ガミの「保管場所」へ向かうという彼女のタクシーに同乗させてもらう。網はビニール袋に包まれ、彼女の膝の上に置かれていた。そこに何らかの「存在」を示す膨らみはない。

「ガミは、捕まってしまったことを、どのように感じているのでしょうね」

「どのように、とは？」

　意味がわからなかったというより、的外れな質問をされたというように、彼女の声はぞんざいだ。

「つまり、捕獲されてしまったことを怒っていたり悔んでいたりするのか、それとも、何も感じていない……」

「ああ、そういうのは、私には無関係です」

　質問を遮るように、彼女は言葉を被せてきた。

「ガミがきちんと商品価値を持って市場に流通するという事実があれば、それ以上を私が深く考えても仕方がありませんし、無意味です。今のところ、購入者から『品質』の面で何らかの苦情が起きるということもありませんから」

ガミがどんな存在かを問題にしない点は、かつてのガミ追いたちと共通している。だがその姿勢は、むしろ正反対のように思えた。

かつてのガミ追いが、人間より上位に座す存在を定義付けすることを畏れたのとは対照的に、小早川のそれは、どう定義付けようとも自らの「商売」には支障が起きないという意味での、「割り切り」でしかないようだ。

◇

「捕獲したのは、今年に入って何体目のガミですか？」

「今回で三十七体目ですね」

「文献によると、二百年前の最盛期ですら、捕獲されたガミは年間十五体程度ということですよね」

「そのようですね。まあ、当時の追いと我々の追いを同列に置くことはできないかもしれませんが……」

「ガミを、獲り尽くしてしまうという可能性はあるんでしょうか？」

漁業の世界では、乱獲による水産資源の枯渇が世界的な問題となり、対策が迫られている。ガミもまた、一つの「資源」と捉えるならば、それがいつか「枯渇」することを考えなくてもいいのであろうか？

「それは、我々が考えるべき問題とは思っていません」

「では、誰が考えるべきだと？」

不毛な議論を吹っ掛けられたとばかりに、彼女は大儀そうにため息をついた。

「要は、ガミがもしこの世に存在しなくなったとしても、困る者は誰もいないということです」

「困る者はいない？」

「語弊があるかもしれません。もちろん絶滅してしまえば、我々の事業への金銭的な損害はあります。ですがたとえば、環境が汚染されてしまうとか、生態系が狂うとか、そういった意味での『被害』は生じないということです。見えない以上、ガミの残存数がどれくらいかは判断のしようもありませんし、保護という概念も無意味です」

合理的精神の持ち主らしい発言であった。

彼女の膝の上の、網を包むビニール袋は、かさりとも音を立てない。その中でガミはどう感じているだろう？　かつてのガミたちとの扱いの違いを。

◇

ここで、少し長くなるが、かつてのガミがどのように取り扱われ、必要とする人々の元に届けられたかを、現代のガミ追いと比較する意味で、『ガミと共に生きる』から抜粋してみよう。

《ご寝所をさめ》

集落にはすでにガミ捕獲の一報が入り、残つた村人たちが総出で迎へた。追ひ師たちは、大漁旗を掲げて港に戻る船のやうに誇らしげである。

ガミはご寝所に安置される。長い六本の柱で支へられた建物は地上高くに床を置き、古代の高床式倉庫を思はせる。村には合計二十二のご寝所があり、そのうち十七が捕獲したガミで塞がる。

「ガミから授かりを受けるには、どれほどの年月が必要なのか」

ご寝所を司《つかさど》る氏切《うぢきり》の一人、益村忠郎は、壁越しにガミを見通すごとく目を細める。

「さうさな、一年後か、二年後か、それとももつとか……」

ガミの変化は時を定かにせず、突然で一瞬である。授かりに至らぬまま、数十年が経過するガミもあるといふ。

「最も奥のご寝所には、百年以上前のガミが眠つてをられる」

そこに本当にガミはゐるのであらうか。疑つてはいけないとわかりながら、そう思つてしまふ。

《お成り代はり》

ガミは一所に留め置く事により、大きく質を転じる。お成り代はりと呼ばれる変化である。

「お成り代はりとは、形の変化でせうか。性質の変化でせうか」

形の見えぬものが更なる変化を遂げると云はれても、その姿は杳としてつかめない。

「たとへば、フォアグラのやうな変化でせうか」

フォアグラは、ガチョウに無理やり栄養をとらせて肥大した肝臓のことである。閉じ込めることによつてガミに精神的な緊張を与へ、変化を誘発するのだと想像してゐた。

「お成り代はりは、身体の変化に類するやうなものではない。まつたく別の存在となるのである」

それは変化を超へ、変身の域にまで達するもののやうであつた。

「ご寝所をさめはガミを閉じ込めるにはあらず。ガミはいつか自らを昇華させる時を望み、彷徨《はうくわう》してゐるのである。我々は、お成り代はりの手伝ひをさせていただくのだ」

彼らにとつてお成り代はりは、無理矢理させるものではない。当然すべきものへの助力といふことだ。ガミと彼らは、獲る、獲られるといふ単純な関係ではないやうだ。

《ワカチガミ》

お成り代はりが確認されると、ガミは氏切によつて切り分けられる。ガミはワカチガミとなり、求める人の元へと届けられる。それが、彼らガミ追ひの収入源となる。

ガミを切り分けるのは、ワカチの儀式である。お成り代はりから七日間、氏切はご寝所で、一切の光を遮断してガミと共に時を過ごす。

「ワカチは、申し訳ないがお見せできない」

許されたとしても、暗闇の中では、様子を窺《うかが》ふこともできない。

「ご寝所では、八ヶ月前に捕獲したガミのワカチが行はれてゐる」

ご寝所に一切の音はなく、真の暗闇の中、無言の対峙をするガミと氏切の攻防は見通せない。闇の中ゆゑ、氏切は実体のない存在を切ることができるのだ。

《授かり》

ワカチガミを代々祀《まつ》つてゐる家を尋ねてみた。

「ワカチガミは、どちらに」

「そこにありますよ」

神棚のやうに部屋を見下ろす位置に祀られてゐた。脚立を持つて来た主人が、ワカチガミの入つた容器を下ろす。石鹸箱をひと回り大きくしたもののやうであつた。

「どうぞ、触つてみてください」

主人の勧めで、私は押しいただくやうにして、箱を手にした。存外に軽い。箱の重さ以上のものは、何も感じない。空箱を振つてゐるやうであつた。

「ここに、ワカチガミが入つてゐるんですよね」

間違へて空き箱をつかまされたかと思ひ、私は確認した。主人は黙つて頷《うなづ》く。

「こちらでは、いつ頃からワカチガミを祀られてゐるのですか」

「祖父《じい》さんの代から……、いや、俺が知つてゐるのがそれからつてだけで、ずつと前からなんだらうな」

代々、ワカチガミの授かりを受けることを当然として、主人は育つてきたやうである。

「ワカチガミから、どのやうな授かりを受けましたか」

「ガミは、そこにあるものさ」

主人は、授かりの多寡は気にしていないやうである。

「たとへば孫が生まれたとしたら、それだけで嬉しいだらう。その子が家にどんな福をもたらすか、などとは考へないだらう。それと同じことさ」

祈りとは福を願ふものでありながら、そこに実利はない。津波に流され、すべてを奪はれた町の道端の地蔵にも、人は無心に手を合はせる。ご利益を求めつつも、そこには虚心坦懐たる祈りしかない。

ガミによる授かりもまた、それと同じである。

◇

それでは、現代のガミは、どのように取引され、世間に流通しているのだろうか？

小早川の言う保管場所とは、何の変哲もない２ＬＤＫの賃貸マンションの一室だった。

「かつてのガミは、小さく細分され、一種の護符として各家庭に祀られていたようですが……」

小早川はガミをおさめるご寝所も、切り分ける刃も持ってはいない。

「我々の獲ったガミは、そのままの形で、市場に出すことになります」

ウォークインクローゼットには、アクリル樹脂を組み合わせた三十センチ四方ほどの透明な「箱」が、合計二十ほど積まれていた。

「ガミは、この中に？」

彼女は小さく頷くと、携えてきた網の「中身」を、新たなアクリル樹脂の立方体に「移し替え」、封をした。空気漏れがないことを確認すると、捕獲日を記した付箋を貼って、クローゼットの隅に荷物のように積み上げる。雑然とした扱われようが、ガミが単なる「商品」として流通している現実を如実に示すようだ。

「どんな人物が、ガミを購入するのでしょうか？」

「さあ、私にはわかりません」

「わからない？」

「ネット上のオークションサイトを使用しますから、相手の住所や名前等はわかりますが、どんな人物かということまでは把握のしようがないですね」

わからないというより、興味を持つ必要性を感じていない様子だ。

「購入した人は、ガミをどのように利用しているんでしょうか？」

「さあ、それも私には……。一体何に使っているんだか」

肩をすくめる小早川は、購入者を、一種の「物好き」とでも判断しているようであった。

「オークションサイトをご覧になったことがあるかと思いますが、何だかよくわからないものでも、不特定多数の人が参加していれば、誰かが価値を見出し、高値を付けてくれるものなんですよ」

オークション履歴では、確かに何十人もが入札に参加し、値段を吊り上げていた。

「落札価格は、結構高額ですよね?」

十人以上で追うという体制であるから、人件費は必要になるが、この保管場所を見ると、その他の必要経費はそれほどかからないだろう。こう言っては何だが、割のいい「商売」にも思えて来る。

「例えば現代アートなど、その世界に属さない人にとっては、理解しがたい高い値段が付けられますよね?」

「それは、確かにそうです」

「私自身にも、ガミの価値がいかほどか、という明確な基準はありません。ガミにこれだけの価値を見出す人々がいて、私はその要求に応じることができ、そこにビジネスが成立する。私にとっては、それ以上でも、それ以下でもありません」

アクリルボックスに閉じ込められたガミは、自らに付けられた「価値」を、どのように受け止めているのだろう。

◇

　ガミが与えるものは、恵みばかりではない。時にガミは、追い師にとっての災厄の元凶ともなる。それが、ガミの「崩れ」だ。

　その時がいつ来るかは、誰にも予測できない。そして一度起こってしまえば、止める術はない。記録によれば「崩れ」は、小さなものは頻繁に起こり、大きなものも百年に一度ほどは生じている。『ガミと共に生きる』の中では、三十年前の「大崩れ」で、追い師四十八人のうち、実に四十人が命を落としたことが記されている。それにより一時、ガミ追いはほとんど壊滅しかけたという。

　もちろん、姿のないガミの「崩れ」もまた推論でしかなく、追い師の死との医学的な因果関係が認められたわけではない。たまたま、追い師の死が度重なっただけかもしれない。

　だが現実に、「崩れ」は過去、頻繁に生じ、その度に一人から数人の追い師が命を落としていた。

《崩れ》
「崩れがいつ起こるかはわからぬ。だが、危険と向き合ふのは、ガミ追ひも他の生業《なりはひ》もまた同じことだ」

追ひ師の翁、遠竹文定は、定めを受け入れる者の達観の中にあつた。

「だが、ガミを追はなければ、少なくとも崩れの危険には向き合はずに済むのでは」

「それもまた授かりの一つである。恵みだけを戴くわけにも行くまい」

翁は三十年前の大崩れの難を逃れた、数少ない喰ひ残しである。彼は大崩れの翌日、ほんの数人残つた追ひ師たちと共に、すぐさま新たな追ひに出立したといふ。

「なぜそうまでして、ガミと共に生きるのか」

ガミは、追ひ師たちに莫大な恵みをもたらしはしない。村人たちは、海山に生きる民人と同じ、慎ましやかな生活をしてゐる。

「ガミはそこにある。それ故、我々が追ふ」

翁の言葉は、自らの歩んだ道のりへの疑問を差し挟ませない。

「ガミは与へ、そして奪ふ。そのあり様は昔から変はらぬ。追ひ師はただ、ガミに導かれて漂ふのみ。人の営みは皆、それに同じものなり」

◇

「『崩れ』については、どのような対処をされているんですか？」

小早川はパソコンデスクに向かい、今日の「追い」のデータの整理を始めた。

「それについてはまず、崩れをどう定義付けするか、という点から説明すべきでしょうね」

パソコンの画面に向かったままの、事務的な受け答えだった。

「まず、過去の文献における崩れが、本当にガミによって生じたのか、という疑問があります」

「というと？」

「つまり、何らかの疫病等での死者が、ガミと結び付けてカウントされているのではないだろうか、ということです」

確かに、目に見えない存在の人体への「影響」など、きちんと定義付けすることが不可能なのはわかっている。だが、彼女は追い師たちを率いる者として、リスク管理も必要な立場だろう。

「決して軽視しているわけではありません。ですが、時代に応じた危機管理の方法があってしかるべきと、私は考えています」

ガミの崩れに対しても、システムで事前に察知して、回避することが可能であると小早川は言う。

「崩れ、という言葉通り、ガミに異変が起こった際には、人々の不安のパターンが大きく変化すると考えられます。それを、崩れが起きる数秒から数十秒前までに把握し、各自のデバイスに緊急警報を鳴らすのです」

「地震の予知システムのようなものですね」

「ええ、崩れの実態が不明確ですから、どこまで避難すればいいのかはわかりませんが、百メートルも退避すれば、まずは安全かと考えています」

「そうですか……」

過去の文献によってしか実態を検証できない、「崩れ」。だからこそ逆に、どれだけの想定をしていれば「安全」とも言えないのではないだろうか？

「そろそろいいですか？　今日は追いが長引いて疲れていますから」

「あ、ああ、そうですね。失礼しました」

半ば追い出されるような形で、私は消化不良のまま、現代のガミ追いの取材を終えた。

◇

『ガミと共に生きる』では、取材半ばで、小規模な「崩れ」によって、翁が命を落としている。崩れに見舞われた追い師を弔う、「喰い尽くし」という独特の儀式の様子についても取材されていた。

《喰ひ尽くし》

翁の安置された食《は》み屋前に、追ひ師たちが続々と詰めかけた。皆、普段着で、作業の合間に訪れたやうに慌ただしく集ふ。食み屋はご寝所と酷似する。違ひは、屋根の中央に煙突を擁することのみである。

氏切が、ワカチガミの入つた箱を四つ手にして、食み屋へと入る。箱にはそれぞれ、蠟燭《らふそく》を用ゐた発火装置が施されてゐた。翁の死により新たな翁となつた淵上が、蠟燭に火を点《とも》し、外から食み屋の扉を閉ざす。

「翁、遠竹文定。今より御元へ送らん。ことごとく、喰ひ尽くされよ」

追ひ師たちは厳粛なる面持《おもも》ちで食み屋の煙突を見守る。

五分も経つた頃、煙突より煙が生じた。箱が燃え尽き、ワカチガミが表に出た証である。煙を確認するや、追ひ師たちは一斉に腰を上げた。新たな追ひの準備に向かふのであらう。ほんの五分ほどで喰ひ尽くしは終了したのだ。

「これだけでせうか」

何か物足りぬ気分で翁の淵上に問ふ。葬式の格式ばつた雰囲気とは似ても似つかない。

「翁はワカチガミによつて導かれ、その魂は残らず喰ひ尽くされた」

彼らにとつて喰ひ尽くしとは、悲愴なる別れの儀式ではないやうだ。

「喰ひ尽くしとは、死とは違う感覚なのでせうか」

「死の概念そもそもが人それぞれ異なる。それを語ることは難しい」

私は喰ひ尽くしの儀式の最中に考へてゐたことを尋ねてみた。

「ガミに喰ひ尽くされた者が、新たなガミとなるのではないのですか」

ガミが神聖でありながら親しさをこめて扱はれる点、喰ひ尽くしを受けても悲しまぬ点を考へれば、自然にその考へに行き着く。

「ガミはガミであつて、ガミでしかない。それ以上を詮索《せんさく》すべき存在ではないし、してはならない」

追ひ師たちは、恵みも災ひも併せ呑んで、ガミと共に生きるのである。

◇

私が現代のガミ追いの取材をしたのは、半年以上前のことだ。

本来ならば、一度潰《つい》えた技術を、思わぬ方法で再興させた若者たち、というまとめ方でルポを書く予定であった。だが、もはやまったく別物とも言える二つのガミ追いのあり方に、筆を起こすことを戸惑い、お蔵入りとなっていたのだ。

だが、その後に起こった事実によって、私にはこうして、二つを比較しながら記録として残す必要が生じた。小早川をはじめガミ追いのメンバーたちが、ここ半年の間に相次いで病死してしまったからだ。

ガミの「崩れ」が起こったのだ。もちろん確証はない。正確に言うならば、「起こったと考えれば、すべての辻褄が合う」、ということだ。

死因はそれぞれ様々。だが共通しているのは、いずれも「免疫不全」の症状によって亡くなっているということだ。過去の文献における、崩れによる追い師たちの死に様と酷似していた。

小早川は乱獲を否定し、ただただ合理主義的な思想を貫き、ガミを捕獲し続けた。その手法に問題があったということであろう。

その死を、現代のガミ追いの油断や慢心に結び付けることは容易《たやす》い。だが、「見えないもの」だからこそ、バランスを取ることは難しかったであろう。

小早川も、二ヶ月前に亡くなった。結局私は、病床の彼女を見舞うことはできなかった。

「その日」のガミ追いのデータが、小早川の遺品であるデバイスに残されていた。追いが始まって二時間後、ガミの軌跡……、つまりは、人々のＳＮＳ上の「不安」や「不調」のつぶやきが、ある地点で、まるで核爆発のように急激に拡散した。

それがおそらく、ガミの「大崩れ」と呼ばれる現象なのだろう。

小早川はもしもの危険に対処すべく、防御システムを構築していた。だが、ガミの崩れの威力と拡散のスピードは、彼女の予想をはるかに超え、圧倒的であった。

その日、追いに参加していなかった追い師たちも、リーダーの小早川を失い、崩れという現実を目の前にして、存続を図ろうとする者はいなかった。

こうして、六十年ぶりに復活したガミ追いは、復活後三年でその幕を閉じた。終焉を看取った者として、記録を残しておくべきであろうと感じ、おいていた筆を取った次第だ。

だが、ルポをするべきガミを見ることもできず、ガミ追いも姿を消した今、私はどう結論づけるべきかを判断できずにいた。

そんな中、私は再び『ガミと共に生きる』を読み返してみた。

――ガミとは追ふものではなく、負ふものである――

著者の中村は、著作の末尾に、その言葉を置いている。

——ガミ追ひは一種の漁である。であるならば、ガミは海にも似る。その姿は茫漠とし、豊穣で底知れぬ。故にこそ、追ひ師は慢心を寄せ付けぬ。ガミ追ひは、ガミの恵みも災ひも併せ呑み、ただ追ふものせ。それは、自らの人生を負ふに似たり……

七十年前の書物であるにもかかわらず、その教訓は、現代に生きる者すべての生き方に対して向けられているようでもある。

我々は日々、快楽を、快適を、そして飽くなき欲望を追い求め続けている。有限なる自然の一員として「生かされている」ことを知りながら、人間の万能感に知らず知らずのうちに酔い、あるべき本来の姿を見失う。

取り巻く自然は、普段はその脅威や本性を垣間見させない。ガミのごとく、姿の見えない隣人として傍らにいるのみだ。我々が見失うのは、自身の矮小さであり、同時に自然の強大さでもある。

我々一人一人もまた、姿の見えない「何か」を追っているのかもしれない。それは人々の営みとは無縁に、常に超然としてそこにある。人に限りなき恵みをもたらし、そしてある時には、一瞬で根こそぎ奪い去るのだ。

追い求めることはまた、何かを背負うことでもある。
その覚悟を、我々は備えているであろうか？

分業

孤独な匠たち

オートメーション化された工場を想像してほしい。

人々が、まるで機械の一部分と化したかのように、ベルトコンベアに沿って並んでいる。自らの前を流れる部品が、どんな働きをするものか、いったいどこに組み込まれるのかもわかっていない。

彼らはまるで、プログラミングされた機械そのものだ。

必要なのは、自らに許された数秒という時間内で、目の前の部品をマニュアル通りの動きで加工し、流れを滞らせないことだ。そこに職人気質《かたぎ》や、「匠の技《たくみ》」というものを見出せるものはいないであろう。

まったく逆の形の「流れ作業」もある。

和海《かずみ》山《やま》地方に残る伝統工芸の一つ、鈴陰扇《すずかげおうぎ》の製作過程を例に挙げよう。一つの扇を仕上げるまでに、実に五十三の工程があり、そのそれぞれに、専属の「匠」が存在した。

基木を削り出す「なぞり削《そ》ぎ」。

微細な結《ゆわ》え穴を開ける「ほぞ穿《うが》ち」。

裏が透けるほどまでに部品を磨きあげる「目繰り上げ」。

パーツごとに微妙に異なる曲がりを調整する「汲《く》み逸《そ》らし」。

彼らはそれぞれ、扇を完成へと導く上での役割をしっかりと認識し、自らの技術への自負を込めて、部品に限られた造形を施す。互いの信頼をも素材に乗せて、次の担い手へと手渡すのだ。

どちらも大きく分類するならば、部品を作る上での「分業」という形態である。

だが、その担い手のあり様は、まるで正反対とも言える。

どちらにも属さない、そして、どちらにも属する分業の形。それが今回の取材対象である。

◇

都心の、とあるマンションの一室。細長い六畳ほどの空間に、その「部品」をつくる場は存在した。

一ヶ所だけある窓には分厚い遮光カーテンが引かれ、昼夜の区別を意味なくしていた。時間の流れからすら隔離されたような部屋には、ありきたりな白い机と、白い本棚と白いソファが、演劇の舞台の小道具のように配されていた。清潔というよりも、無菌室にいるような漂白された空虚さを感じてしまう。

「この部屋は、何と呼ぶべきなのでしょうか？」

高梨商会の会議室で、パソコンの画面に映し出された部屋の映像を確認しながら、私は傍らに座る営業マン、田野倉賢二《たのくらけんじ》（三十二歳）に尋ねた。

部品をつくる者を、「作業員」と捉えるのか、それとも「芸術家」や「匠」と見做《みな》すのか。それによって部屋の呼称は、「作業場」とも「アトリエ」とも「工房」とも変わってくる。

「私どもは、ただ単に部屋と呼んでいますが……」

意外な質問だったのか、田野倉は戸惑いを見せた。特に呼び名を決めていなかったペットの名前でも問われたようだ。

作業場でもアトリエでも工房でもない、単なる「部屋」で、その部品はつくられていた。

しばらくして、画面の中に一人の女性が姿を現した。

「彼女が今回、部品をつくる様子を見ていただく分業者、遠見山《とみやま》です」

遠見山香織《かおり》（仮名・二十二歳）の姿を映像の中で確認して、私はどこかの療養所の病室を覗《のぞ》いているような錯覚を覚えた。ゆったりと着込んだトレーナーによって身体《からだ》のラインは隠されていたが、袖口からのぞく腕は骨の形がはっきりとわかるほどにか細い。厚ぼったいおかっぱの髪は、その髪形を好んでというよりも、一定の長さを超えたら切る、を繰り返した結果として行きついた状態のようであった。

何よりも彼女を特徴づけるのは、肌の白さだろう。映像越しでもわかる、病的なほどの青白さだ。

「遠見山さんの色の白さは、生まれつきのものでしょうか？」

「彼女は、太陽にあたることがほとんどありませんからね」

あの部屋に一人で暮らす彼女は、買い物はすべてネットで済ませ、滅多に外に出ることはないそうだ。

分厚い遮光カーテンと防音ガラスによって一切の「外界」をシャットアウトした遠見山の姿に、閉鎖された水族館に取り残された魚を見ている気分になる。

すべての日常から切り離された場所で、彼女はただただ、部品をつくり続けているのだ。

◇

特別な名称がつけられていないのは、作業環境だけではない。つくるものに対してもだ。

彼女のような「分業者」が携わる製品を、高梨商会では、単に「部品」と呼んでいる。つまりその呼称は、一般名詞であると同時に固有名詞でもあるわけだ。

「当社では、彼女たち分業者がつくるものだけを扱っています。特別な名称を付ける必要性がないので、単に部品と呼んでいたのが、そのまま定着してしまったようですね」

何かと区別をする必要がないという意味での、固有名詞の喪失である。

「机の上に、画面を切り替えてみましょう」

作業を見せてもらうにあたって、遠見山の部屋には、天井からの全景、机の背後からの俯瞰《ふかん》、手元のアップ、そして横からの、合計四つのカメラを設置してもらっていた。

クローズアップされた机の上には、幾種類かの作業用具が並んでいる。

彫刻刀が、刃先の形の違うものが合計三本。マイナスドライバーが大小四本。プラモデル製作等に使用する極小ニッパー。カッターナイフ、竹串、針金、金槌《かなづち》……。

どれも、他の精密作業でも使用する道具を流用したものばかりだ。私は、少しだけ拍子抜けした気分であった。

「分業者の作業に、専用の道具というものはないんでしょうか？」

その世界だけで通用する、その世界の内でだけしか「便利」をつくり出せない、ある意味「奇形」でもある道具を鑑賞し、どんな使われ方をするのかを予想するのは、こうしたルポルタージュをする上での密かな楽しみでもあった。

「まあ、あそこにある道具も、会社の方で必要と思われるものを用意しただけで、彼女がそれを全部使うというわけでもないんですが」

時計は見当たらない。彼女は時間に束縛されず、時間を考慮せず、作業に没頭するのだろう。

「そろそろ、始めるようですね」

私は映像越しに、彼女の作業を細大漏らさず見学させてもらうことにした。

「彼女は、作業に入ると四、五時間は手を止めませんので、その間はお一人でご見学いただいてよろしいですか？　画面は、見やすいように自由に切り替えてください」

田野倉は仕事に戻るため、一旦席を外した。どうやら長丁場になりそうだ。私は適時画面を切り替えながら、彼女の作業を見守ることにした。部屋を直接見学させてもらえるならば、そうした手間もかからないし、じっくり手順を確認することもできるのだが……。

椅子の上に座布団を敷いて正座をした彼女は、背中を丸め、作業を開始した。ほどなく、その膝が小刻みに振動しだす。いわゆる貧乏ゆすりだ。何かに急かされているような忙《せわ》しない動きに、内職仕事の様子でも見学している気分になる。

机の上には、「部品」の材料となるらしき様々な素材が並べられていた。金属、プラスチック、ガラス、ゴム、そして木材。彼女はそこから無造作に一つの金属片をつかみ取って、土台となる素材に穴を穿ち、組み込んでいった。迷いのない動きであった。

設計図や仕様書の類《たぐい》を探して、画面を切り替えてみた。机の周囲には見当たらず、また彼女がそうしたものを頼りとして作業を行っている様子もなかった。

それは彼女が、部品の組み立て方を熟知し、見るまでもないということなのか。それとも最初から、仕様書は存在しないのだろうか。

組み立ての速度は一定ではない。躊躇《ちゆうちよ》なくいくつもの材料を手にしたかと思えば、十分以上動きを止めて、対話するごとく部品と向き合うこともあった。

彼女は時折、机の前に掲げた額縁の中の絵に目をやった。肩の凝る精密作業の中での、それが唯一の心の安らぎなのかもしれない。

◇

彼女の作業が一段落したのは、開始から四時間が経過した頃であった。丸まっていた背が元に戻り、無事につくり上げた安堵《あんど》を音にしたような、小さなため息が漏れる。

内線電話で田野倉に連絡を取り、会議室に来てもらう。

遠見山はトイレにでも行ったらしく画面から消え、机の上には、この四時間の「成果」が残されていた。大人のこぶし大ほどの「部品」だった。

「あれで、部品は完成なのですか?」

田野倉は画面をズームし、部品の様子を確認した。

「彼女が受け持つ作業は終了です。全工程の十分の一、といったところでしょうか」

部品は、きわめて複雑な形状をしていた。

基礎となる土台部分は、乱切りされたジャガイモを思わせる、直方体もどきのいびつな形状だ。その周囲に、長さ、材質、大きさの様々な突起が四方に、(私の目からすれば)無秩序に飛び出している。

上部には、昆虫の触角を思わせる微細な針金状の突起が合計十五本、それぞれ微妙に方向を違えてカーブを描いている。

土台下部には、巨体を支える河馬《かば》の四脚のように、太い金属片が四方にせり出す。

側面には、おそらく他の部品との嚙《か》み合わせを司《つかさど》るであろう歯車や、接続用と思われる無骨な突起がはみ出している。

「何のよう」とも形容できず、果たしてどんなシステムの一部として機能するのか、ということも皆目、見当がつかなかった。

「これは……」

感想を言いあぐねて、私は口ごもった。製作物の正確性は判断できなかったし、芸術性の面でも、評価すべき審美眼など持ち合わせているはずもなかった。

「あの部品をつくる上で苦労するのは、どんな点でしょうか？」

取りあえず、そんな無難な質問から、部品というものへの理解を深めていくより術《すべ》はない。

「そうですねえ、たとえばここの……」

田野倉はマウスでポインタを動かし、部品の上部にある、「触角」の先端のカーブを示した。

繊細な構造であるらしく、エアコンの風を受けて、ゆらゆらと揺れている。

「上部の突起物は、一つずつ、微妙に向きが違うんですよ。どんなに揺れても、互いが触れ合わないようにする細工が、難しいところですね」

確かに精巧ではあるが、それが何の「役に立つ」のかが不明では、評価の下しようがない。

遠見山が部屋に戻って来た。完成の時に思いを馳せているのか、夢想する少女のように椅子の下で足をぶらぶらさせている
「田野倉さんには、あの部品の完成形が見えているんですか？」

「見えているとも言えますし、見えていないという言い方もできます」

彼の指は、架空の部品の細部を愛でるように、机の上で優しく動いた。

「旅行する時と一緒なんですよ」

「旅行？」

「旅行の目的地が決まっていても、実際にその場所に着いてみなければわからないこともあるでしょう？　ですから、やはりそうなったかと思う部分もありますし、なるほどこうだったかと再

認識させられる部分もあります」

マニュアル通りにつくり上げる作業という趣ではなかった。むしろその感覚は、芸術や創作の範疇《はんちゅう》のもののように、私には思えた。

「どのくらいの時間で、一つの部品を完成まで持って行けるものなのでしょう?」

四時間かかった今の作業で「十分の一」とすると、単純計算で、一つの部品をつくり上げるのに四十時間がかかることになる。

「部品によって様々です。一日で一つの部品が仕上がることもあれば、数ヶ月かかることもあります」

「それは、工程の多さや、技術的に難しい部分があって、ということで?」

田野倉は、説明の仕方を考慮するように首をひねっている。

「たとえば、昨日まで遠見山が取り組んでいた部品は、最初の四日間はまったく作業に入れなかったんです」

「何か技術的な問題があってのことですか?」

「いえ、彼女が仕様書をうまく読み取ることができなくって」

「仕様書?」

四時間の間、彼女がそれらしきものを確認した様子はなかった。それに今日の作業を見る限り、部品づくりに仕様書という概念は馴染《なじ》まないのではないだろうか。

尋ねようとした矢先に、田野倉は腕時計を一瞥《いちべつ》して立ち上がった。

「私はこれから、遠見山の部屋に部品のチェックに向かいます。一時間ほどで着くと思いますので、良かったらこのままお待ちいただいて、遠見山と私のやり取りをご覧になりますか？」

◇

一時間後、画面の中の遠見山の部屋に、田野倉が姿を現した。

彼女が部品づくりを請け負う上で接する「外部」は彼、田野倉だけだ。

「部品の品質チェックを行います」

会社ではしていなかった黒縁の眼鏡をかけた田野倉は、どことなく冷たい印象を醸し出していた。部屋に上がり込むなり、一切の無駄口を叩こうとせず、すぐさま検品を開始する。

「はいぃ、……あの、見て、もらえますか？」

対する遠見山は、人と接することの苦手さからか、受け答えも極度の緊張を示していた。だが、田野倉に寄せる思慕にも似た信頼も垣間見えるようだ。

二人の前には、この二週間で遠見山が手掛けた、合計五つの部品が並んでいた。

「部品ナンバー９９１７５、よし。部品ナンバー７８１９０、よし。部品ナンバー９２８０……」

田野倉は遠見山に一瞥もくれず、部品のチェックに専念している。製作者とそのサポート役の、「打ち合わせ」にしては、どこか殺伐としていた。

「ナンバー622278、組み上げ不良あり」

何らかの不具合を発見したらしく、田野倉は部品の一つを無造作に脇に避《よ》けた。

「あっ、す、すみません。すぐにつくり直しますので」

「不良品」と判断された部品を恥じ入るように掌《てのひら》に隠し込む遠見山に、田野倉は慰めの言葉一つかけようとはしない。

まるで彼女を、部品を正確につくるための「道具」としてしか見做していないようだ。つい先程までこの場で接していた彼とはあきらかに違い、故意にそう振る舞っているであろうことがうかがえる。

「次の品質チェックは二週間後に行います」

田野倉は遠見山の信頼を寄せ付けまいとするように、一片の親しさも分け与えずに立ち去った。

一人取り残された遠見山は、自らの孤独を抱え込むように、作業場の椅子の上で体育座りをして丸まっていた。

◇

一時間後に、再び田野倉は戻って来た。

「分業者の作業は、機械化することはできないのでしょうか?」

確かに精巧な細工ではある。だが、要は小さな構成物を組み合わせて完成させたに過ぎない。

手先の器用な人ならば、誰もが同じように組み立てることができるだろう。更に言えば、彼女の動きをそのまま機械にプログラミングしてしまえば、まったく同じ部品の量産が可能になる。

「機械では、仕様書を読み取ることができませんので、それは不可能です」

二つの意味で疑問を感じた。仕様書の通りにつくるという作業は、人の手よりもむしろ機械の方が適しているだろう。それに彼女は、作業中一度も仕様書を確認しようとしなかったはずだ。

「部品の仕様書というものを、見せてもらうことはできますか？」

先ほど聞き損ねていた質問でもあった。

「ああ、そう言えば、説明していませんでしたね」

彼は一旦会議室を出ると、大きな額縁を担いで現れた。

「あの……、これが、仕様書なのですか？」

それは作業中の遠見山が、わずかな憩いでも求めるように眺めていた水彩画であった。

絵を飾る趣味など持ち合わせていないだろう彼女の部屋では、確かに異端な存在ではあったが、ようやく合点がいった。彼女は心の安らぎとして絵を眺めていたわけではない。仕様書を「読んで」いたに過ぎなかったのだ。

「仕様書は、いつもこのような絵なのでしょうか？」

「いえ、それは様々です」

田野倉は、自らもすべてを把握できていないというように指を折る。

「楽譜、絵画、写真……、小説や医学の専門書もあれば、コンピューターのプログラミング言語もあったりと、多種多様ですね」

それは、私が想像していた仕様書とはかけ離れていた。

「仕様書がそういった形であれば、門外漢の私には、彼女のやっていることは、芸術の範疇に属する『創作』であるように思えるのですが」

音楽家が風の調べから旋律を導きだすように、詩人が雨音から愛の言の葉を紡ぎだすように。単なる技術者の域を超えた、彼女の内側から発せられる「表現」に重きを置いた創作である気がしてならなかった。

田野倉が額縁の中の絵に向ける眼差《まなざ》しには、なぜか追憶めいた感情が垣間見える。彼自身は、果たしてその「仕様書」をどのように読み取っているのであろうか？

「彼女は、まさに仕様書の通りに仕上げてくれます。そこに彼女の独創というものは存在しないのです。そうした意味で、部品は芸術ではなく、彼女もまた、芸術家ではありません」

仕様書に忠実に、自らの創意工夫を介入させずに部品をつくる。言葉だけの意味を取れば確かに、芸術という概念には該当しない。

だが、目の前の絵画と部品とを見比べてみると、その二つをつなぐ分業者という存在は、一般的な技術者の範疇を大きく逸脱しているのではないだろうか。

◇

「部品という名称からすると、彼女のつくったものは、いずれかの場所に組み込まれるわけですよね？」

「当然、そうなります」

「彼女は、組み込まれる場所に合わせて部品をつくっているのですか、それとも、部品に合わせて周囲が形成されるのですか？」

田野倉は、しばらく拳《こぶし》で机を軽くたたきながら考えていた。

「全体と部品の関係というものは、どちらかがどちらかを定めるという一義的なものではありません。言うならばそれは、相関関係を持っています」

田野倉はホワイトボードに、鉄道線路と駅の地図記号を描いた。

「例えば、鉄道の運行を全体、鉄道を利用する個人を部品と考えてください」

駅の上に、人のマークが書き足される。

「都心では列車は数分に一本やってきて、どの列車も満員です。それは、利用する人が多いから列車の運行本数が多いのでしょうか。それとも、列車の運行本数が多いから、利用する人が多くなるのでしょうか？」

彼はホワイトボード上の駅の、人のマークを消し去った。

「逆に地方では鉄道運行本数は少なく、乗客も少ない。それは本数が少ないから乗客に見限られたのか。逆に乗客が少ないから、鉄道の本数が削減されたのか、果たしてどちらでしょう？」

「それは、どちらとも言えるでしょうね」

「部品と全体の関係も、そのようなものです。全体の形によって部品は定まり、逆に部品の形によって、全体は姿をより明確にする。そこには双方向のベクトルがあるのです」

それは部品づくりには限らない。この社会の様々な事物の関係性にもあてはまるだろう。

◇

翌朝十時に再び高梨商会の会議室を訪れると、画面の中の遠見山は、新たな部品をつくる作業に取り掛かっていた。

とはいえそれは、進んでいるようには見えなかった。

彼女は、昨日まで絵画が掲げられていた壁の一点を凝視し続けている。目の前にしているものは、前回とは様変わりしていた。

「あれは、新しい仕様書です。二万五千分の一の地図ですね」

絵が仕様書だった時とはうって変わって、地図を前に、彼女は固まったように動きを止めてしまっていた。

「動きがあったら連絡してください」と告げて、田野倉は仕事に戻った。画面越しでは声のかけようもなく、私には遠見山の孤軍奮闘ぶりを見守り続けるしかない。

結局午前中いっぱい、彼女は時に一心に、はたまたぼんやりと地図を眺めるばかりで、作業は一向にはかどらなかった。

「だいぶ、苦戦しているようですね」

昼休みに顔を見せた田野倉は、進捗《しんちょく》状況を予想できていたようだ。スポーツ選手の調整の仕上がりを見守るトレーナーの面持ちである。

「彼女は、地図はちょっと苦手なんですよね」

言葉通り遠見山は、「苦手」を前面に押し出した表情で眉根を寄せている。それは創作を生業《なりわい》とする者にとっての、「産みの苦しみ」そのものであった。

「まあ仕事ですから、彼女も好き嫌いは言っていられませんからね」

「無粋な話ですが、部品一個あたりの作製の委託料はいくらなのでしょうか？」

田野倉の答えた数字は、私には中途半端に思えた。

単なる工業製品の部品をマニュアル通りにつくる作業への賃金としては高い。だが、芸術作品に対しての対価と考えれば、著しく安価だ。

彼女は、月に平均五個の部品をつくるという。だとすると、彼女の手取りは、平均的な女性事務員程度でしかない。自らのつくりだす部品の価値を知らない無知につけこんでの、「不当な搾取」ではないかとの思いもかすめる。

結局その日、夜八時まで見守ったものの遠見山は動きを見せず、ようやく部品をつくり始めたのは、翌朝になってからのことだったという。

◇

一週間後、私は再び高梨商会の会議室にいた。田野倉が指定した時間は、午後十時だった。

画面の中の「部屋」は、遠見山の無機質な空間と比べて、ぐっと庶民的で、雑然としていた。

作業机は、おそらく小学校入学の際に買ってもらったのであろう学習机で、子どもの頃に貼った戦闘ヒーローのシールが、色褪《あ》せて残っている。

目を引いたのは、机の周囲の環境だ。漫画雑誌や週刊誌、DVDケース、ペットボトルにカップラーメンの食べかす……。生活する上でのありとあらゆるものが、およそ整理整頓という概念からかけ離れ、部屋のいたる所に散乱していた。いわゆる「汚部屋《おへや》」と呼ばれる状態であった。

遠見山の部屋とは違い、そこには生活感があった。いや、ありすぎた。部品をつくるには、ある種俗世を超越した特殊な生活環境が必要なのではと考えていた私は、あまりにも乱雑な部屋の様子に、多少ならず鼻白んだ。

スピーカーが、都会ではめったに聞くことのない「音」を拾った。

「これは……、牛の鳴き声ですか?」

「ええ、すぐ隣に牛小屋がありますから」

つまり今回の「部屋」は、農村地帯の一角にあるということであろう。

やがて今回の分業者が、画面の中に姿を現した。天井から見下ろす画面いっぱいに、その背中が広がる。

「ずいぶんと、巨体ですね」

３Ｌサイズほどの短パンとＴシャツというラフなスタイルの男性は、遠見山とは別の意味で、健康そうには見えなかった。

「分業者は、痩せているか太っているか、極端な体型になりがちですね」

彼は、榎並和幸《えなみかずゆき》（仮名・二十五歳）。カメラが設置してあることを意識しているのだろう。巨体には似合わぬおどおどとした瞳を時折こちらに向け、神経質そうに脂ぎった髪をかき上げる。

「彼は遠見山とは違い、完璧に夜型の生活ですからね。今から夜が明けるまでが、彼の作業時間になります」

はれぼったい瞼《まぶた》と、異常な肥満体は、不摂生な生活ゆえの不健康さの表れなのであろう。

◇

榎並が前にするのは、つい先日、遠見山が手掛けたばかりの部品だった。高梨商会が、彼の元に送り届けたものだ。目の前の壁には、遠見山が作業台の前に掲げていた絵（仕様書）が、同じように配されていた。

彼は再び不満げにカメラを一瞥すると、机の上のスナック菓子の空き袋を腕でブルドーザーのように押しのけ、Ａ３サイズほどの「空き地」を作った。なんともおざなりな作業スペースだ。

部屋の中でそれだけは立派なパソコン作業用のチェアーの上で胡坐《あぐら》を組み、髪が垂れかかってこないよう薄汚れたタオルを頭に巻く。それが、彼が部品と向き合う基本スタイルのようだ。部品を前にした彼は、しばらく仕様書である絵画を背景とするようにして、ためつすがめつ眺めていた。その間、左手はのべつ幕なしに菓子の袋に伸び、間食を続ける。

やおら榎並は部品を掲げ持ち、遠見山が微細な曲がりを生み出した上部の「触角」をあっけなく崩して、新たな造形を部品に施しだした。

「随分、形を変えるんですね」

私の言葉は自ずと、榎並への非難めいたものとなった。前任者の作業を見守ってきただけに、遠見山のやって来たことの「否定」にも思えたからだ。

田野倉は、私の不満を敏感に察したようだ。

「遠見山の造形が無駄であったというわけではないんです。前任者の作業があるからこそ、彼は安心して手を加えることができるんですから」

田野倉の言葉に偽りはないのだろう。榎並の部品に対する扱いは思いのほか丁寧で、丸っこい指先で、遠見山が授けた様々な突起を撫《な》でている。そこには確かに、伝統工芸の場に生きる匠と同じ、前任者への信頼が込められているようだ。

「榎並さんは、部品をここまで仕上げた前任者である遠見山さんのことは、何も知らないんですね？」

「ええ、それは特に知らせていません。いえ、知らせないようにしています。分業者には、部品そのものだけを見てもらいたいのです。前任者の姿が少しでも見えてしまえば、微妙な影響が出てきてしまいますから」

◇

遠見山や榎並に限らず、分業者として部品づくりに従事するのは皆、いわゆる「引きこもり」状態の人々である。

つまり高梨商会の事業は、誰ともつながりを持ちえず、家に閉じこもっていた者たちに、「社会との関わり」と「収入」という、二つの光を与えた側面がある。

「まあ、分業者は全国に百人程度ですから、我々がやっていることは微々たるものですが」

謙遜ではなく、田野倉は自社の「功績」を誇るそぶりは見せなかった。

「よくご相談を受けるんです。うちの息子や娘に、この会社の仕事を斡旋《あっせん》してもらえないかって」

確かに家族にとっては、引きこもりという根本の問題の解消はならずとも、家にいながら一定の収入が期待できる分業者という「職業」は、魅力的に映ることだろう。

「そうした家族からの応募で、分業者を選定することも？」

「それはありません。我々は、ご家族の期待に応えられるとは思っていませんから」

「では、どうやって分業者の候補となる人々にコンタクトを取るのでしょう？」

高梨商会はホームページで会社の紹介をしているわけでもなく、分業者の募集も行っていない。

「独自の情報網で、全国の『候補者』の情報は把握しています。私自身、分業者のサポートで全国を旅していますので、その合間に、各地の候補者を訪ねて、適性を判断しているんです」

「どういった形で、分業者としての適性を測るのでしょうか？」

「実際に、試作品をつくってもらいます」

埃をかぶった古い段ボール箱から、田野倉は一つの造形物を取り出した。

「これが、遠見山が最初につくった部品の試作品です」

部品の見方が今一つわからない私にとっても、お世辞にもうまい造形とは思えなかった。だが彼はその拙《つたな》い部品から、遠見山の分業者としての資質を見出したのであろう。

◇

「引きこもった人々に分業者としての仕事を任せる上で、一つ、注意しなければならないことがあります」

田野倉が腕を組んだまま、右手の人差し指を立てる。

「引きこもり状態から脱してしまうと、部品がつくれなくなってしまうのです」

「それは、一体どうしてなんでしょうか？」

人差し指が、行き場をなくした分業者の一人のように立ち尽くしている。

「詳しい理由はわかりません。不特定多数の人と接することが、部品づくりに悪影響を与えてしまうもののようです」

サポート役の立場でも如何《いかん》ともしがたいのか、彼はあきらめ交じりに首を振った。

「実は私も、かつては家の中に引きこもっていたんです」

彼もまた高校時代に不登校となり、それ以来八年間、部屋にこもり続けていたのだという。

「最初は私も、分業者の一人でした」

「なぜ、分業者からこの仕事に鞍替《くら》えすることになったんですか？」

「先ほど言った通りです。分業者として部品をつくることができなくなった、ということです」

分業者として一定の収入を得たことで、自分もまた社会性を持った存在であるという自信が生まれ、家から外に踏み出したのだそうだ。

「少しずつ外の世界に慣れ、社会に接するに従って、私からは、部品をつくる能力が失われていったのです」

そうして彼は、会社の配慮によって今の職に就いたのだ。

「会社にとっても、せっかく育てた分業者が能力を失ってしまう事態は、大きな損失につながっていましたからね。それを改善するためにも、分業者のケア要員として私が抜擢されたわけです」

かつて引きこもりであった彼がサポートに徹することで、分業者たちの「能力の喪失」という事態は劇的に改善された。

「ですから私は、サポート役という位置付けではありますが、自分としては『監視役』なのだと認識しています。彼らが外の世界に接したり、興味を持ったりしないようにするためのね」

「だからこそ、『外部』である私も、直接彼らに引き合わせることはなく、映像を介してしか接触させてもらえないというわけですね」

申し訳なさそうに頷《うなず》く田野倉の姿は、遠見山の部屋を訪れた際の冷淡さとは似ても似つかない。

「もしかして、田野倉さんは分業者の前でわざと、感情を表に出さないようにしているのではないですか？」

「その通りです、私の前任者は、分業者たちの良き相談相手として接していたんです。その結果、彼らは相次いで『社会復帰』を果たし、能力を失っていきました。会社としても、慈善事業で行っているわけではありませんので、私が担当になってからは、サポートの方針を一変させたのです」

部品づくりは、分業者に生きる糧を与える。だが、彼らの置かれた状況を改善しはしない。むしろ引きこもり続けてもらわなければ、部品はつくれないのだ。そこに田野倉のジレンマがあるようだ。

「高梨商会は、彼らにとっての救世主ではありません。むしろ今まで以上の闇の中に連れて行こうとしているのではないか……。そう考えることもあります」

確かに、引きこもりからの社会復帰というにしては、限定的すぎる「社会」であった。高梨商会が、家族の推薦による分業者選定を断る理由も、そこにあるだろう。

◇

後日、私は再び、高梨商会の田野倉の元を訪ねた。

最初に遠見山の作業を見学してから、三ヶ月の時が過ぎていた。

「お久しぶりです」

田野倉はしばらく世間話をして、なかなか本題に移ろうとしなかった。

「あの……」

私はさりげなく促した。遠見山、榎並と受け継がれた部品の「分業」の成果を見せてもらう約束だった。

「え？　ああ、これですよ」

気付いていなかったのかというように、彼は慌てて目の前に置かれていた「物体」を指し示した。

「えっ……、本当に、これなんですか？」

驚いて念押ししたのも無理はなかった。それはのっぺりとした直方体の塊りとして、私の前にあった。遠見山が生み出した繊細な触角も、榎並が施した柔らかな丸みも、部品からはすっかり拭い去られていた。

「この部品には結局、何人の分業者が携わっているのですか？」

「今回は、七人ですね」

遠見山、榎並の後に続く五人の分業者の手を経て、部品は目の前の形に行き着いたということだ。

「今回は、ということは、毎回変動するということですね？」

「ええ、一人で終わることもあれば、十人以上の時も……。場合によっては、一人の分業者に巡り巡ってもう一度、同じ部品が回ってくることもあります。もっともその時点では、部品は様変わりしていて、本人も自分がかつて手掛けた痕跡は見出せないでしょうが」

それだけ丹精込めてつくられていると解釈することもできるが、こうまで前任者のつくり上げた個性が消されてしまうのでは、何だか堂々巡りをしているようにも思えてくる。

◇

「この部品は、最終的に、どういった形で社会の役に立つことになるのでしょう？」

目の前の無骨な直方体は、部品という呼称とは裏腹に、周囲と組み合わせるための突起物もなく、今まで生活する中で、見かけた記憶はなかった。

「もちろんルポに書く気はありませんし、私の個人的な好奇心からなのですが」

使われている場所や用途は教えないという事前の取り決めであった。回り回って、分業者たちの耳に入らないとも限らないからだ。

「……私たちの生活を支える大切なものとしか、お答えすることはできません」

田野倉は言葉を濁すようにして、回答を避けた。

「お願いします。部品の行き着く先を教えてください。たとえルポには書かないにしても、それを知っているかどうかで、書き方は大きく変わってくるはずですから」

分業者のサポート役であり、かつて分業者でもあった彼の沈黙は、迷いを含んでいた。

「取材する際は、取材対象についての情報を百パーセント引き出すことが可能でしょうか?」

「できればそうしたいと、常に考えています」

「こう言っては何ですが、たかだか数日、取材したところで、相手のことを十全に知ることができるものでしょうか?」

「それは、正直に言って不可能です。だからこそ、なるべく十割に近づけることこそが、ルポライターの使命だと考えています」

「八割の事実も、三割の事実も、すべてではないという点では、同じようなものではないでしょうか?」

遠回しに、私の願いは却下された。だがそれだけではない。もっと別の事を告げられている気がしていた。

「分業者たちは、自らの目の前の部品しか見ることはできません。どんな前任者から渡され、どんな後任に引き継がれるのかはもちろん、部品がどこで、どのような用途で使われているかも知らされていない。それでも彼らは、競走馬のような限られた視界に置かれた部品に、その全力を注ぐのです」

分業者を知ろうとする私も、「限られた情報」から全体像を把握する努力が必要なのだと戒められているようだ。

「部品は、あなたもどこかで目にしているはずですよ。必ずね」

我々は取り巻く世界をしっかりと把握しているつもりでありながら、実際はその認識とは極めて曖昧なものである。いつも通っている道沿いの建物がなくなれば、もうそこに何が建っていたかを思い出せなくなってしまう。部品の存在を日常で認知できなかった以上、私がこの場で安易に「解答」を求める行為は、許されざるものなのかもしれない。

◇

「これは、ある統計を示したものです」

田野倉は、一枚の紙を差し出した。記されているのは、二十年前からの、何らかの「数値」の、経年変化を示した折れ線グラフであった。

グラフ上の青いラインは、年を追うごとに増加の一途を辿《たど》り、一方で赤いラインは、十年前をピークに減少に転じている。

「十年前というと、御社が部品の供給を開始した年ですね？」

「そうです。赤いラインが、我々が部品を供給している地域。青は供給していない地域です。つまり部品によって、地域の住みやすさに改善がみられるということが示されています」

その「数値」の示すものは教えてもらえなかった。部外者に開示できるぎりぎりのラインなのだろう。

「この変化は本当に、部品によって生じた効果であることが証明されているのですか？」

統計というものは、客観的に状況を表すものとして利用されるが、恣意《しい》的にデータを組み合わせて、あたかも関連性があるかのように操作することもできる。この国の肥満率のデータと、平均寿命の上昇のデータだけを見繕えば、「肥満率が高まるほど寿命が延びる」という奇妙な結論に行き着くだろう。

「きちんとした証明はできません。ただ、部品が採用された地域では、数値が改善しているとしか……」

田野倉自身も、その統計を信じるというより、「信じたい」と願っているのかもしれない。

「分業者を表彰したいという、地域からの要望もあるんです」

引きこもって社会との接点を持たぬ者たちだ。一般社会において、その存在が日の目をみたり、賞賛されることはあり得ない。表彰の対象として検討されるとは、異例のことだろう。

「それは、分業者たちにとっては、大変名誉なことですね」

頷きはしたものの、田野倉はその「名誉」を明らかに持て余していた。

「ですが、表彰の話は断りました。それどころか、分業者たちに、その事実を伝えることすらもできないのです」

「表彰」などという誉れが、分業者たちの社会への目を開かせないはずがないのだから。

「田野倉さんにとって分業者とは、どのような存在ですか？」

分業者にとって、唯一の社会との「接点」。それが彼なのだ。

「難しい質問です」

自らの担う役割を自覚する田野倉は、遠見山の前で見せたのと同じ、自らを追い込む厳しい表情だ。

「私は常に、バランスを取らなければならないのです」

胸の前で固く手を組む姿からは、そのバランスが難しいものであることがうかがえた。

「目標を与え、作業のやりがいを持続させると同時に、彼らがそれ以上の関心を、周囲の社会に対して向けないよう、コントロールしなければならないわけですから」

「コントロール」の結果として生み出された部品は、不揃いな姿で田野倉の前に並んでいた。

「ですから私は、残酷なことをしているのだと自覚しています。彼らは決して報われない。ただ部品とだけ向き合い、部品だけに自らの時間と技術、そして情熱を注ぐのです。それが彼らにとっての幸せだ、などというおためごかしを言う気はありません。私は彼らに、部品以外を見てもらっては困るのですからね」

かつて自身も社会との接点を失い、孤独と向き合い続けた彼だからこそ、分業者たちに強いている状況の残酷さをわかっているのだろう。

◇

車を運転して取材から戻りながら、私は考えていた。

この車はおそらく、数万個の部品によって構成されている。分解していけば、私が見たこともない、どんな働きをするのかもわからない部品が山ほど積み上げられることだろう。

それぞれの部品に、つくり手がいて、組み立て手がいて、運び手がいて、売り手がいる。原材料である鉄鉱石やゴム、石油までさかのぼって考えれば、一つの車をつくり上げるために関わった人間は、数万人、数十万人にものぼるはずだ。

だが私は、そうした人々のことを、一度たりとも考えたことはなかった。関わった人々に思いを馳せずとも、車は何の支障もなく動き続けるのだから。つくり手への信頼があるからではない。ただ、そういうものだと受け入れているに過ぎない。

遠見山や榎並がつくり上げる部品もまた、社会のどこで使われ、どのように役立っているのかはわからない。本人たちにも知らされず、我々が感謝することもない。それで社会は滞りなく動き、成り立っている。

彼ら分業者自身に、そのつくられた「部品」をなぞらえてしまう。

信号待ちで顔を上げると、周囲にはマンションが建ち並んでいた。窓の光一つ一つに、名も知らぬ誰かの生活がある。その中のどこかに分業者がいるのだ。決して社会の表舞台に出ることもなく、ひっそりと隠れて。それでも、何らかの形で確実に、人々の役に立っている。分業者である彼らもまた、自分自身が「部品」であるという自覚の中にあるのではないか。

部品であるとは、「部品にすぎない」という自己の矮小さを表す言葉であり、同時に「組み込まれている」という帰属の概念でもある。

サラリーマン等を揶揄《やゆ》する意味合いで「社会の歯車」という言い方がされるが、逆に言えば、歯車が一つなくなれば、全体の動きに狂いが生じることもある。分業者たちもまた、そうした両面の意味合いでの「部品」なのだろう。

部品をつくるという行為は、地道で愚直な、たゆまぬ日々の積み重ねである。誰もが大きな物事をつくり上げ、成果を挙げられるわけではない。一生の中で成し遂げられることなど、人類の歴史からすれば、一つの「部品」をつくった程度にしか過ぎないだろう。

我々は、すべての未来を見通して日々を生きているわけではない。今は盤石かに思える自分や家族の人生が、明日にはあっけなく消えてしまうかもしれないのだ。

そう考えると、先の見えない未来に、子どもをつくり、繁栄の未来を願うということは、「暴挙」で「考えの足りない行為」と見做されるかもしれない。

だがそれは違う。見えない未来のその先を信じて、今自分ができる目の前のことに全力を注ぐ。それが我々ちっぽけな人間にできる精いっぱいのことだ。

であるとするならば、我々自身が「部品」であり、日々を生きるという行為もまた、「分業」そのものである。

新坂町商店街組合

語られない海の記憶

山とは高さを尊ばれるものであるが、逆に「低さ」を競う場合もある。この国で最も低い山は、標高（という表現を使うのもはばかられるが）八メートルほどだという。

もはやそれは、「登る」と言うべき高さでもない。

面白いことに、そんな低い山に、「山岳救助隊」が存在するのだ。

言うまでもなく、山の中で迷ったり、怪我をして歩行困難になった人を救助するための組織だ。ほんの数秒で登山も下山も完了してしまう山には無用の長物だ。救助隊という名前を付けてはいるものの、実際は「登頂証明書」の発行や、周辺の環境整備が主な活動内容なのだという。

もちろん、救助を必要とされたことは、過去に一度もないという。

だが、その山岳救助隊が、本当に「救助」のためだけに組織されたとしたらどうだろうか？　決して訪れることのない「いつか」のためだけに、存在しているとしたら……。

◇

――新坂町《にいさかまち》商店街組合――

工事廃材でも流用したような薄汚れた板は斜めに傾き、豪快かつ稚拙な文字でそう記されていた。

「組合」というきちんとした組織の建物にしては、プレハブ造りの小屋は貧弱すぎた。「商店街」を構成するであろう店舗も、周囲には見当たらない。町はずれの空き地の片隅に置き去りにされたようなプレハブを前にして、私は少し躊躇《ちゅうちょ》してしまった。

とは言え、すでに取材を申し込んでいる以上、踵《きびす》を返すわけにもいかない。

「ごめんください……」

「おう、いらっしゃい！」

野放図さをそのまま投げつけてくるような声に迎えられた。がっしりとした体型で、無精ひげを顎《あご》にまとわせた男は、四十代半ばといったところだろうか。商店街組合よりも、山小屋の主人にでもさせておきたい風貌であった。

お定まりの名刺交換をして、一歩ごとに沈み込む床に戸惑いながらも、ソファに座る。話を始めようとして、私の視線は名刺に釘付けになった。

何とも奇妙な肩書きだった。

――新坂町商店街組合
会長　兼　副会長　兼　会計　兼　理事　兼　雑用
黒田　伸一郎

つまり彼一人で、商店街組合のすべての役割を担っているということになる。

「組合の、主な業務を教えていただけますか？」

「まあ、他の商店街と同じようなもんだよ。補助金の配分、組合費の徴収、商店街振興の話し合い、年に二回の商店街祭りの準備……。それからまあ、いろんな雑用かな」

「それをお一人でやられるのは、大変ではないんですか？」

肩書き通りであれば、まさに八面六臂《ろっぴ》の働きぶりだろう。

「まあ、特に文句も言われないで自由にやらせてもらってるから、そう大変でもないがね」

重い荷は背負っていないとばかりに、おどけたように肩をすくめる。

「ああ、そうだ。あんた、これやっとくよ」

男はソファ脇の錆《さ》びたスチール製の書類入れから、三つ折りにしたパンフレット様のものを取り出した。商店街のイラストマップだ。店舗紹介の横に、升目だけが印刷された空白がある。

「これは？」

「スタンプラリーだよ」

商店街組合加盟店のうち八つの店で、三百円以上の買い物をしてスタンプを押してもらえば、

「豪華賞品」がもらえるらしい。

「……しかし、全部集めるのは難しそうですね」

「まあ、取材の何日かで回るのは大変かもしれねえな」

私の言葉の意味を、彼は違う形で受け取ったようだ。

「有効期限はないから、ゆっくり集めてくれりゃあいいさ」

空白のままのスタンプ欄がすべて埋まる日は、いったいいつになるだろう。

「それでは、商店街の様子を見学してきますので」

「ゆっくり見てきなよ。そうそう、もうすぐ二時だな。横田精肉店のコロッケが揚がる頃だから。あそこは最近少し牛肉けちってるけど、まあ出来立てなら何でもうまいからな。よかったら食べてみてくれよ」

「わかりました。買ってみます」

ふと、商店街の様子が脳裏に浮かんだ。それほど広くはない道沿いに、個人経営の間口の狭い商店が並び、店主と顔なじみの主婦たちが世間話をしながら夕餉《ゆうげ》の食材を買い求める。多くの地方都市では、バイパス文化の発達と共に失われてしまった、そんな温かな風景が。

黒田に見送られ、商店街に向けて歩きだした私は、微《かす》かに潮の香りを含んだ風を頬に感じ、思わず振り返った。

「商店街組合は、本当に必要なんですか？」

率直にぶつけてみる。商店街があり、そこに商店街組合があるという、当然のはずのことへの疑問を。

「必要だと思うかい？」

黒田は逆に問い返し、にやりと笑った。

「それは、必要がなくとも、黒田さんは組合を続けるという意味に取ってよろしいでしょうか?」

黒田はプレハブの入口の、自ら作ったであろう組合看板を、まっすぐに掛け直した。

「一年間犯罪がまったく起きなかったら、警察はいらないって話になるかい?」

「……それは、違いますね」

「連続無事故記録〇〇日」などと平和をアピールする小さな村でも、もちろん警察は存在する。訪れるとも知れない「いつか」に備えるためだ。だが、この商店街組合に、果たしてそうした「いつか」は、訪れ得るのであろうか?

「必要ってのはね、求められるからそこに生じるもんじゃない。求められなくっても、そこにあり続けなきゃならないってものもあるんだよ」

私に向けられた言葉のはずだ。だがそれは、自分自身に言い聞かせているようにも聞こえた。

◇

「道とは、そこにあるだけで道として存在できるわけではありません。人によって歩かれるべき場所であるとの自覚があって初めて、それは道となり得るわけです」

ゆっくりと進む船の上で、東田繁美(仮名)は、足踏みを繰り返す。いや、「足踏み」という表現は、その行為を矮小化してしまうかもしれない。

彼女は甲板の一ヶ所にとどまり、その場で両足を互い違いに上下させている。その一歩ごとを、丁寧に積み重ねるようだ。

「しかし、今となっては、歩くことはできないわけですよね？」

茫漠と広がる海の上には、人が歩く「道」など、痕跡すら見つけることはできない。

「その通りです」

彼女の「架空の歩み」は、話す間もとどまることはない。

「そうした道を『歩く』意味とは、いったいどこにあるのでしょうか？」

彼女は遊覧船の船長に、的確に方向転換を指示する。一瞬、自分が十字路に立っているような錯覚に陥ってしまう。

「もちろん我々の通常業務は、既存の道の上を歩き、道を道たらしめることです」

彼女の職業は「歩行技師」。国土保全省の、特殊技術吏員という位置付けである。

歩行技師の仕事は、道の保全だ。とは言っても、傷んだ道を補修するという意味での「保全」ではない。「歩く」という行為によって、道そのものを守り続けている。

冒頭の彼女の言葉が示すごとく、歩行技師が歩くことによって初めて、道は自らの役割を自覚し、「道であり続けること」を持続することができるのだ。

山の中の、月に数人が通ればいいような道ですら、道としての姿を保ち続けている。それは歩行技師が記憶を定着させていればこそで、さもなくば数ヶ月を待たずして消えてしまうのだという。

「我々歩行技師はもちろん、今現在利用されている道を存続させることを第一の使命としています。ですが、その他にもすべきことはあります」

　彼女は足下の海に、「すべきこと」を見定めているようだ。

「使われなくなり、忘れ去られてしまった道をもまた、我々は歩くのです」

役目を終えた道の長年の営みを慰撫し、彼らの記憶を新しい道に受け継がせるのもまた、歩行技師の役割であった。

「海に沈んでもなお、道はそこにあり続けます。いつか歩かれる時を待って、眠り続けているのです。歩行技師はその記憶を、次の時代へとつなげていかなければならないのです」

　確かに過去の道が土の下に隠れてしまうことはある。それらの記憶を、その上の新たな道に継承させることには意義があるかもしれない。

だが、海の底深くに沈んでしまった道は、もはや再び人によって歩かれる時は訪れ得ない。

「ですがこれは、国土保全省の正式な業務ではないとお聞きしましたが？」

　彼女は自費で遊覧船をチャーターし、わざわざ休暇を取って、海に沈んだ道を「歩いて」いた。

彼女が仮名なのも、国土保全省にこの事実を知られたら処罰を受ける可能性があるからだ。

「その通りです」

　さすがに東田は、神妙な面持ちで頷《うなず》いた。

「ですからこれは、私たち歩行技師が、自発的にやっている行動です」

　彼女以外にも、こうして海に沈んだ道を歩く歩行技師は多いという。

「ですがそれを私が、ルポに書いてしまってもいいものでしょうか？」

仮名とはいえ、公になれば処分されかねない事案だ。取材を容認するということは、そこまでの覚悟があってのことなのだろうか？

「我々は、国土保全省などという組織に組み込まれるずっと前から、自らの意志で歩き続けてきたのですから」

それは国家公務員であるという以前に、「歩行技師」としての意地であり、自負でもあるだろう。

「それに、いくら省庁の就業規則でも、人間に『歩くな』と命じることはできませんからね」

古くは「道守《みちもり》」と呼ばれた彼らは、かつての為政者が意のままに行ってきた道の改変に逆らい、古《いにしえ》の道を守り続けて来たのだ。

道は、遠く離れた人と人との想いをつなげる。志半ばにして海に沈んでしまった道だからこそ、誰かにつなぐべき想いは尚のこと、強く残り続けているのであろう。

船の舳先《へさき》に立ち、その想いを一歩ごとに受け止めるように、東田は「歩き」続けていた。彼らにとってはそれが守ることであり、戦うことでもある。

◇

「商店街の通り沿いかい？」

東田の「歩行」を取材した翌日、私は同じ遊覧船をチャーターした。船長は幾分面倒くさげに、かつての町の地図を取り出し、周囲の地形と照合するように確認する。

「何しろ灯台もないし、海図なんてものもありゃしないからな」

「何を目印にしているんですか？」

「ああ、だから、周囲の山だな。あっちの北にある山の頂上と、南の電波塔を結んだ線が、昔の国道とほぼ一致するんでね。それからすると、もう少し東だな」

船長は惰性のような動作で船を操作し、かつての商店街へと、船を進めて行った。

「この下あたりが、商店街の南の端の木下クリーニング店だな。こっから北に向かって三百メートル、商店街が続いてたよ」

船長は海を気だるく指差し、エンジンを止めた。せめて商店街の面影だけでも確かめようと、私は海面に目を凝らす。

「この辺りは、水深三十メートルはあるからな。覗《のぞ》いたって何も見えやせんよ」

希望を打ち砕くように、船長はあっけなく言って、煙草に火をつけた。

「船長は、この町の出身なんですか？」

「いや、となり町だよ。もともと俺は東の方で漁師やってたんだけどな。実家のすぐそばに海ができたってんで、仕事があるかなって戻って来たんだよ」

彼は眼下の海を、単なる「日々の糧《かて》の手段」としてしか見ていないようだ。

「帰って来たはいいものの、漁はしちゃいけねえってお達しがあったからな。それで仕方なく、遊覧船なんかやってんだよ」

失敗したとばかりに、大仰に肩をすくめてみせる。

この海は入ることも、漁をすることもできないよう定められている。「眺めること」しか許されない海に、船長は感傷のかけらすら向けようとしない。

実際のところ、海に感傷的な視線を注ぐのは、親族や知り合いを海の底に沈めてしまった者ばかりで、周囲の住人は、驚くほど冷淡で無関心だ。むしろやっかいな禁忌でもあるかのように、海を日常から遠ざけようとする。

「遊覧船の客足は、どうですか？」

この海ができて四年。物珍しさも消えて、人々はここに海があるということを、日常として受け入れだした頃だろう。

「突然やって来た海だからな。最初は引きも切らずで積み残しも出たくらいだが、最近は、ほとんどいねえな」

顔に貼り付いた不景気を追いやるように、船長は渋面で首を振った。

「まあ、あんたみたいな物好きのおかげで、なんとか食っていけてるよ」

自嘲気味に笑い、煙草を投げ捨てる。海の下に眠る人々への配慮は感じられない。

「船長にとって、この町はどんな印象でしたか？」

彼はパッとしない表情で、海を一瞥《いちべつ》した。

「こう言っちゃ何だが、海に沈む前から沈み込んだような町だったからな」

「しかし、商店街は賑《にぎ》わっていたのではないんですか？」

組合の黒田にもらったイラストマップには、加盟店百二十店が軒を連ねている。

「ちょっと見せてみな」

船長は高利を謳う投資パンフレットでも見るように、イラストマップに猜疑の目を向けた。

「ああ、横田精肉店はとっくに潰れてたよ。武田生花も赤坂書店も跡継ぎがいなかったらしいからな。この駄菓子屋はもう婆さんがおっ死《ち》んじまって、店自体がなくなって駐車場にされちまってたよ」

船長は遠慮会釈もなく、商店街の「惨状」を暴き立てた。

「隣の市の大型スーパーに客を取られちまってたからな。ほとんどがシャッターを下ろして、ゴーストタウンみたいな有り様だったよ」

イラストマップから思い描いていた賑わった商店街とは、似ても似つかない。

黒田は組合を存続させることによって、海の下に商店街があった記憶を守り続けようとしている。

だが、彼が守ろうとしているのは、商店街という形あるものだけではない。そこに集った人々の想いや、つながりそのものではなかったか。

海の下、ほんの数十メートルほどの場所にあるはずの商店街は、今は限りなく遠い。

「ところで船長、なぜこの遊覧船だけは、海に関わることが許されているんでしょうか？」

「なんだい、今度は俺にも取材しようってのかい？」

おどける口ぶりは、私の追及の矛先をかわすようであった。

漁はもちろん、海水浴や潮干狩りすら認められていない「不可触」の海で、「遊覧」だけが認められているというのは奇妙な話だ。それにこの船以外に、営業の許可は下りていない。

「俺は許可が出たからやってるってだけで、お偉いさんの思惑なんぞ、知ったこっちゃないがね」

殊更に船長は、自分はそうした政府の方針とは無関係という立場を強調するようだ。

「乗船名簿は、政府に提出しているんですよね？」

通常ならば、遊覧船程度では書かされることもないであろう個人情報を詳細に記入させられ、身分証の提示まで求められた。

「そういう取り決めだからな。まあ、形式的なものでしかないんだろうが……。そろそろいいかい？　次の予約が入ってるんでね」

私の興味を削ごうとするようにそっけなく会話を中断して、船長は操縦席に姿を消した。

すべてを禁じるのではなく、海に沈んだ町にこだわる者の「抜け道」を一ヶ所だけつくることによって、逆にコントロールをしやすくする。規制する側の意図が見え隠れするように感じるのは、勘繰り過ぎであろうか。

◇

「まっすぐに落ちるように届けるのにも、結構コツがいるんですよね」

錆抜要《さびぬきかなめ》（二十六歳）は針孔に糸を通すように片目を閉じて狙いを定め、一通の封書を海に投下した。手紙らしからぬ重量感のある水音と共に、波紋が広がる。封筒はすぐに視界から消え去り、「届いた」先を見届けることはできない。

「どれくらい、郵便はあるものなんですか？」

今日の海は凪《な》ぎ、以前より透明感がある。だからこそ、目を凝らせば屋根瓦でも見えそうで、余計に未練が生じる。

「そうですねえ。多い月は二百通くらいあるかなぁ」

何でもないことのように言って、彼は鞄の中から次の封筒を取り出した。

「次は、三軒隣の山口さんか……」

彼はエンジンをかけて、「三軒隣」に移動した。その姿は確かに、軽快にバイクを運転して、一軒一軒の家々に手紙を届ける郵便局員そのものだった。バイクか小型ボートかという違いはあったが。

「はい、お届けですよ」

語りかけるような言葉と共に、新たな手紙を、海の底に「届ける」。

もちろん海に沈んだ家々に、郵便が届くはずもない。だが、こうして今も変わらず、季節の挨拶や近況を伝える手紙が、全国から送られ続けている。海の底まで届くよう、金属製の封筒で。

「いったい、どんな内容の手紙なんでしょうね」

「どうでしょうね。中身を見ることはできませんから」

どの手紙も、差出人の欄に名前はない。海に沈んだ町の住所は、すでに地番抹消されている。

当然、差出人が書いてあれば返送されてしまう。だからこそ、誰も名前を書かない。

「錆抜さんは、この仕事に従事することを、どのように受け止めていますか？」

届けるべき先は海の底の「存在しない住所」であり、差出人もわからない。抜こうと思えばいくらでも手を抜けるだろう。とても達成感が得られる仕事とは言いがたい。

「郵便業務というのは、正確に、日時を守って、相手に届けることこそが、その使命ですからね」

淡々とした言葉だからこそ、彼の業務に対する誇りが伝わってくる。

届けるのは郵便だけではない。そこに託された「想い」そのものだ。届くことを願って、人々は海の底に手紙を送り続けるのだから。

「錆抜さんは、海の下の町に、何かゆかりのある方ですか？」

「いえ、私はずっと北の方の生まれですから」

「しかし、自ら志願して、この業務に就いているんでしょう？」

海は、「深刻な海洋汚染」下にあるとされている。業務とはいえ、すき好んで近づきたいとは思わないだろう。

彼は鞄を抱え直し、配達の順番を確かめるように、手紙をみつくろう。金属が触れ合う音が、残された人々の心の軋《きし》みにも聞こえる。

「関係ないんですよ。何もね」

屈託なく笑って、彼は次なる届け先へと船を動かした。

取材を終えた後、心に引っかかりを覚えて、私は彼の特殊な苗字を検索してみた。それは極めて限定された地域にのみ存在する苗字であった。

下笹村鋳抜地区。今はダムの底に、静かに眠る村だ。

沈まざるを得なかった、沈んでしまうことを阻止できなかった自らの故郷への想いが、海の底へ手紙を届け続ける行為に仮託されているのであろうか？

◇

海が、この国のあちこちで猛威を振るいだしたのは、五年ほど前からだ。「水は低きに流れる」という重力の法則をあざ笑うように、海はいずこからともなく押し寄せる。何の前触れもなく。

現在すでに二十八の市町村が、海の底に沈んでしまった。海の到達した最高地点は、標高八百メートルにもなる。もちろん住民は逃げる間もなく、海の犠牲となった。ほんの昨日まで、普通の日常を送っていた人々だ。

国土保全省は、五年前の『災害防災白書』の中で、海の襲来について次のように総括している。


――地域限定的な海の移動に苦しめられる国土

自然環境の変化により、近年新たな災害として国土を襲うようになった「海の移動」は、今なお原因不明のまま、被害が拡大している状況である。

国土保全省では、海の移動の観測・監視体制の強化を目的としてシステムの整備を完了し、観測点の選定、観測装置等の準備を整えたところである。

今後五年間、地殻活動・構造についての観測を実施し、海の移動の規模や発生確率等の評価の高度化を図ることとしている。

また、「海の移動対策推進検討会議」に設置したワーキンググループにおいて、避難対策に関する検討を更に進める。具体的には、情報伝達手段とその在り方、安全かつ確実に避難できる方策、防災意識の向上等を検討することとしている。

今後早急に、「海の移動災害対策マニュアル」を作成し、実践的な対策を推進していきたい。

白書では、海の襲来は「移動」という表現で突発性や凶暴性のイメージが薄められ、単なる自然現象の一つとして位置付けられている。海の襲来は、この国に特有の「天災」なのだ。

これだけ社会資本の整備が進んだ現代でも、自然災害の被害がゼロになったわけではない。天災すべてを未然に防ごうと思えば、我々は今の十倍の税金を払っても間に合わない。どこかで諦めの線引きは必要なのだ。想定外の事態は、いつでも起こりうる。

それでは海の襲来は、果たして「想定外」なのだろうか？

いくつか、海の襲来に打ち勝った地区もある。

新坂町の南東五百キロにあるT町は、山に囲まれた盆地であるにもかかわらず、海が訪れる三年前から高い堤防を築いて、海を寄せ付けなかった。

どうやって事前に察知できたのだろう。予期できていたとしたらなぜ、その方策を広く一般に知らしめようとしないのだろう？

私の取材依頼に、それらの公的機関が応じることはなかった。

◇

一つ、不可解な点がある。

科学技術庁が、大規模な予算を投じて、何らかの「実験」を始めたのは五年前のことだ。報道陣にすら公開されず、巨額の予算が使途不明であったことから、社会問題化された。国会の予算審議の場で野党議員が追及し、週刊誌も、「消えた巨額予算の疑惑」と大きな見出しで、政治の「裏」を暴き立てた。

だがある時から、野党の追及も週刊誌のスクープも、ぱったりと鳴りを潜めてしまった。その時期と、海が突然襲うようになった時期とは、奇妙に重なり合っている。

もちろん、実験と海の移動に関連性があるという確証はないし、科学的な根拠を問われたならば、沈黙せざるを得ない。だが、沈んでしまう町に対して国が打ち出した対策の偏りは、とても奇妙に映る。

この海は、人々が触れることも漁をすることも禁じられている。もちろん家々や工場などがそのまま呑み込まれたことによって、汚染度が高いからという名目ではある。だがそこには、不必要に人々を海に近づけまいとする意図も感じられる。

国土保全省が、歩行技師に海に沈んだ道の「歩行」を認めていないのも、早くそこに町があった記憶を風化させたいとの思いが見え隠れする。最新の『災害防災白書』では、海の移動については一行も触れられていない。

「海に沈んだ町」は、もしかすると「海に沈められた町」なのかもしれない。我々は諦めているのではない。諦めさせられているだけではないのだろうか?

◇

「海の移動は、筆舌に尽くし難い、未曾有の天災です」

議員事務所の応接室で、彼は力強く断言した。言葉の調子だけを上げ、態度にはそれが微塵《みじん》も表れない、不思議な口調ではあった。

「海」の現地取材に先だって、私は一人の国会議員に取材を試みていた。この問題に最も精力的に取り組んでおり、そして、海に沈んだ新坂町をかつての選挙地盤とする議員だ。

「天災、ですか?」

私は敢えて強調するように尋ね返し、反応をうかがった。国会での野党議員の野次同然に、私の言葉は受け流された。

「……議員がこの問題に取り組まれるにあたって主眼としていることは、この現象の予知・予防であると考えてよろしいですか？」

「その通りです」

ようやく実のある会話が始まったというように、議員は動きを取り戻した。

「それが私の使命であり、犠牲となった方々への、せめてもの供養につながると考えています」

「しかし……、供養ということならば、一番の課題は真相究明ではないでしょうか？」

議員は不自然な沈黙を生じさせた。敢えて「不自然」と感じさせることによって、場にふさわしくない会話であると思い込ませ、畏縮させるための会話術のようであった。

「原因を究明したところで、犠牲となった方々が戻ってくるわけではありません。だとしたら力を尽くすべきは、これから起こるであろう同じ天災をいかにして防ぐか。そうではないですか？」

「防ぐためには、過去の襲来を詳しく調査し、役立てることが、当然必要となってくると思いますが？」

「確かに、そうした考え方もあります」

議員は、私の意見を充分に忖度《そんたく》したとばかりに、深く頷いた。

「ですがその行為は、遺族の皆さんの傷を深める結果となってしまう可能性があります。誰のせいでもない天災である以上、一日も早く忘れるしかないのです。それを蒸し返し、無理やりかさぶたを剝《は》がすような行為は許されざるものです」

遺族たちの悲しみを、いたずらに呼び覚ましてはならない……。それは確かに、海の襲来に関する報道がぱったりと途絶える直前に言われ出した。

報道機関が奇妙に横並びで、「海移動忘却キャンペーン」ともいえるような論陣を張り、忘れることこそが残された者の使命であるとの報道を繰り返したのもこの頃である。

「ところで、新坂町が海に襲われたのは日曜日ですが、その週末、町に戻られるはずだった議員は、急に予定を変更して、議員宿舎に留まっていらっしゃいますよね？」

瞬きの極端に少ない瞳が、私に据えられた。ニュートラルから、いくらでも悲しみにも怒りにも変貌させられる柔軟さを備えた「無表情」であった。

「私は不幸にも、海の下に沈むことはできませんでした」

「不幸にも？」

通常ならば、「幸運にも」と言うべき場面であろう。

「ええ、私を議員として選んでくださった皆さんと、運命を共にすることができなかったのですから、不幸と言わざるを得ません」

「皆様の一票で」その身が成り立っている議員ならではのレトリックではあった。

「ですが私は、そのおかげで沈んでしまった人々のために働かせていただける。不幸な出来事を乗り越えて、この問題に身命を賭すことこそが、私の使命であると考えています」

人の運命を決定づける立場にある者に特有の威圧的な静けさを、議員は身につけていた。

「議員のご親戚の方々も、海が来る直前に相次いで町から転居されていらっしゃるようですね」

「偶然の幸運が重なったとしか、言いようがありませんね」

濁った海の底を覗き込むのにも似て、その真意は窺い知れない。

「もしかしたらこの海の襲来は、偶然ではないのではないでしょうか？」

再び訪れた不自然な沈黙は、音もなく押し寄せる波と化して、私を圧した。

「海の移動は、紛う方なき天災です」

見えない壁の向こうにあるような温厚さを突き崩すことは、最後までできなかった。

◇

「快適な暮らしだよ」

老人は慣れた手つきで、リビングの窓から釣り糸を垂らした。

「海風は心地いいし、こうやって日がな一日、釣り糸を垂れてりゃ、食い物にも困らないしな」

「しかし、この海では釣りは禁止されているのでは？」

「ああ、確かに『海』じゃ禁止されてるな」

含みのある言い方で、彼は唇の端を皮肉そうに持ち上げた。

「俺が釣り糸を垂らしてるのは、あくまで自分ちの敷地ん中なんだよ。たまたま庭が海になっちまったってわけだから、庭のものをどうしようが、役人のお咎《とが》めもないさ……おっと！」

ウキが激しく上下し、たちまち見事な魚が釣り上げられた。

「まあ、湿気だけはどうしようもないけどな」

和室の隅に積み上げられた畳は腐り、真っ黒に変色していた。フローリングも水を含んで膨張し、いびつに床を盛り上げている。黴《かび》は天井一面に宿痾《しゅくあ》のように蔓延《はびこ》っていた。

階下につながる階段の半ばまで押し寄せた海が、ひたひたと家の中で水音を響かせる。

「波が高い日は、どうされているんですか？」

今日の海は、穏やかなさざ波が立つ程度だ。だが、台風でも訪れた際には、家は海の動揺をまともに受けるはずだ。

「どうもしねえよ。ここでひたすら耐えるんだよ。まあ、窓を閉めてたって階段からどんどん水が上がってくるから、部屋中水浸しになっちまうけどよ」

海に襲われたとはいっても、町のすべてが呑み尽くされたわけではない。当然、海と陸との境目には、中途半端に呑み込まれてしまった家々も存在する。彼、長嶋健吾（七十五歳）の家は、そんな半被害家屋の一つだ。

彼の住居は一階部分が駐車場で、二階と三階を住居として使用した、コンクリート造の建物だった。二階までは海に没したが、三階はかろうじて難を逃れたのだ。

「海が来た時は、どちらにいらっしゃったんですか？」

釣り上げた魚をおろそうと包丁を手にしていた長嶋は、わずかに肩を震わせた。

「ああ、ちょうどこの部屋だよ。いつもは二階に寝てたんだけどな。何だか寝付けなくって、あの日だけ、風遠しのいい三階で横になってたんだ」

「それで、難を逃れたということですね」

まな板の上で最後のあがきを見せていた魚は、包丁の一突きで、敢えなく動きを失った。

「今となっちゃ、難を逃れたって言葉が正しいのかどうかもわからねえがな」

たった一階の差が、彼と家族の運命を分け隔ててしまった。

「向こうにあと二軒見えるだろう？　あそこも昔は沈み損なった奴らが頑張ってたんだが、とうとう根負けして出て行っちまったよ。今はもう俺一人だけだな」

無人となって屋根だけを晒《さら》す家々は、志を残してこの地を立ち去らざるを得なかった人々の無念が結晶化した姿のようでもある。

「出て行かれたのはやはり、この地での生活の不便さから、でしょうか？」

「ああ、役所の奴らも、ここに住むなとは言わんよ。その代わり、一切の生活の保障をしちゃくれない。住みたきゃ勝手に住めってことさ」

蠟燭《ろうそく》の光が頼りなく揺らぐ。部屋の隅には、陸地から運んできたらしい飲料水の入ったポリタンクや、カセットコンロのガスボンベがいくつも並んでいる。水道、ガス、電気というライフラインの一切を、この家での生活は奪われていた。

「そのくせよぉ、住民税や資産税は、よくわからねえ加算制度つくりやがって、地面の上に住むよりずっと高く設定されてるんだぜ」

少しずつ生活を不自由にしていくことによって、ここには住めないと諦めさせるように仕向けられている、ということだ。

「まあ、兵糧《ひょうろう》攻めみたいなもんだな」

老人は嘆息して、長く伸びたひげをつるりと撫でた。その頬はげっそりとこけ、彼の言う「快適な暮らし」が、なまなかな覚悟では維持できないことを物語っていた。

「俺が死んじまったら、ここに住む奴もいなくなるな」

言葉に気負いはない。だが、住み続けることこそが、この地を「守る」意志そのものなのだ。

その姿は、存在しない商店街の組合をたった一人で維持し続ける黒田と重なり合う。

「先日、商店街組合の黒田さんにも、話を聞いてきました」

その名を告げると、彼は顎を突き出すようにして、かつて商店街があった方角を見やった。

「あの黒田も、俺と同じだよ」

老人は新たな餌をつけて、釣り糸を「庭」へと垂らした。

「同じ……と言われますと？」

「あいつもな、たまたま残っちまったんだよ」

当時、商店街で居酒屋を営んでいたという黒田は、その日、所用で町を離れていた。彼が戻って来た時には、すでに町は海の下にあったという。

「それでは、黒田さんの家族も……」

老人は心を揺らすことを恐れるように、ウキから視線を外そうとしない。

「それから一ヶ月も経った頃かな、あいつがあのプレハブ小屋を建てて、活動を始めたのは」

「そんなに昔から、あそこで……」

「もっとも、かかってた看板は、今とは違うけどな」

当時掲げられていた看板は、「海の襲来被害者の会」。黒田は当時、運動の先頭に立って戦っていた。理不尽に海が襲った真相の究明を訴え、家族や友人を失った人々のネットワークをつくるべく、精力的に動いていたのだという。現在、地番抹消された「海に沈んだ町」に手紙を出すことができるのも、黒田の地道な請願活動が実を結んだからだ。

その活動は、海に大切な誰かを奪われた人々に大きな広がりを見せ、ついに国は、何らかの対策を打たざるを得ないところまで追い込まれた。黒田の運動が、国を動かしたのだ。

だがそれは、彼らの望む方向にではなかった。

確かに国は、「海の移動関係者保護に関する法律」を制定し、残された遺族たちを「保護」するための施策を打ち出した。皮肉なことに、制度が整えられることによって、人々は海から遠ざけられていったのだ。

国が実施した調査の結果、「深刻な海洋汚染」というスクープが大々的に報じられた。真相究明半ばにして調査は打ち切られ、人々が海に近づくことを禁じた。

インターネットの検索忌避制度の適用によって、「海に沈んだ町」に関する情報を共有する手段が封じられ、遺族のネットワークも崩壊した。

「救済委員会」は、金銭補償としての「救済」の方向を示し、マニュアルに沿った補償金算定によって、「心」の問題から遠ざけた。

それらはすべて、先にインタビューした議員が立ち上げたワーキンググループによって主導された。巧妙かつシステマチックに、黒田たちの運動は、挫折する方向へと向かわされていったのだ。

時を同じくして、海の襲来を「故意」とすることが、オカルト的な思考として疎んじられだした。黒田たちはゴネ得を狙う利権集団と見做《みな》され、一方的に糾弾されるようになっていった。

「国が押し付けた救済ってのはな、俺たちに何も考えるな、忘れろって言ってるも同然なんだぜ」

老人は吐き捨てるように言って、力任せに竿を振り上げる。かかっていた魚は空中で針を逃れ、「庭」の外の海へと波紋を広げた。

黒田もまた、口を閉ざすことを強いられた。それ以来彼は、商店街の組合を、一人で運営し続けている。抗議活動ではない以上、政府も規制をするわけにはいかなかったのだ。

今回私が取材したのは皆、声をあげる手段を奪われ、無言の振る舞いによって異を唱え続ける者たちだった。

「この海は、知ることを許されていない。だからこそ、いろんな想いが、海の底に沈められたまなんだよ」

手紙を出し続ける人々や、沈んでしまった道を歩く歩行技師。そして、商店街組合を守り続ける黒田。それらは運動としては決して結実することはない。だからこそ、「忘れないこと」だけが、彼らにとって残された、精いっぱいの「救済」の道筋なのだ。

「この海の上で、俺は死ぬよ。この家が俺の墓だからよ。あんた、そん時は、岸からこの家を見て拝んでくれよ」

冗談じみた口ぶりだ。だが、冗談に昇華させなければ何も語れない日々を、彼は送ってきたのだ。それは黒田も同様だろう。

◇

現地取材の帰り際に、私はもう一度、商店街組合を訪ねてみた。

黒田は作業台の上に模造紙をひろげ、カラーペンを駆使してポップな絵や文字をちりばめてい
た。様々な役職を一手に引き受ける彼だが、どうやら今は「雑用」としての役目を果たしている
ようだ。

「何をされているんですか?」

黒田はカラフルに汚れた手を、手品でもするように広げた。

「夏祭りの準備だよ」

手書きのポスターは、一ヶ月後に開催される商店街の夏祭りを告知するものであった。通りを
使っての盆踊りや大抽選会、各商店の趣向を凝らした出し物などが行われることになっていた。

「絵は苦手なんだよな。まあ、他に人手もないから、やるしかねぇが……」

そうぼやいた彼は、ふと思いついたというように顔を上げ、私にペンを押し付けた。

「あんた、絵がうまそうだな、ちょっと描いてみてくれよ」

「いや、私は……」

断ろうとしたものの、強引にポスターの前に座らされ、しばらく悪戦苦闘することになった。

「どうだった、商店街は？」

絵の出来栄えに苦笑しながら、彼はそう尋ねた。

「賑やかでした。とても……」

鞄の中のイラストマップには、一つのスタンプも押されてはいない。

「そうだろう？　まあ、昔に比べりゃ、やっぱり人通りは少なくなっちまったけどな」

一抹の寂しさを覗かせ、黒田は壁に飾った写真を見上げた。店々が通りまで商品をひろげ、買い物かごを提げた主婦たちが闊歩する様子が、かろうじてわかる。それらはすべて、一度水に浸かったものを乾かしたように色は滲《にじ》み、画面は波打っていた。

「あの頃の賑わいが戻ればいいなって、いろいろ頑張っちゃいるが、時代の流れにゃ逆らえないのかな……」

言葉だけの意味ならば、寂れた商店街に再び客を呼び戻そうと奮闘する商店街組合員の独白と取ることができる。だがそれが、「二度と取り戻せない場所」であることを踏まえると、途端に意味は変わってくる。

いつかは風化し、消え去ってしまう記憶。黒田はそれに無言のまま抗《あらが》おうとしている。彼にとっては、「忘却」もまた、押し寄せる海のようなものではないか。それは商店街を襲った海のように、一息に呑み込みはしない。気付かぬうちに水嵩が増す満ち潮のように、いつの間にか人を沈めてしまう。襲われたことすら気付かせぬままに……。

「これからも、お一人で組合を続けていかれますか？」

ようやく仕上がったポスターの前で、彼は満足げに腕を組む。決して実現しない催し物が、そこには並んでいた。

「そうだな、まあ、手伝おうって物好きもいやしないしなあ。一人で続けるしかねえよ」

あくび交じりの言葉は、およそやる気というものを感じさせない。だが、ここで「続ける」ことにも、大きな制約があるはずだ。彼はその苦労を見せようとしない。

「商店街を訪れる人が一人もいなくなったら、その時はやめるさ」

黒田は、刷り上がったばかりの夏祭りのチラシを私に手渡した。開催日は、町が海に呑み込まれたその日だった。

◇

一ヶ月後、私は再び新坂町を訪れた。黒田が準備を進めていた、商店街の夏祭りの日であった。

小高い丘の上の見晴台に立ち、夏祭りの始まる時間、夜の七時を待つ。

隣では初老の夫婦が、言葉もなく眼下の海を見下ろしていた。景色として眺めているのではない。その下のかつてあった風景を「見て」いるのがわかった。

「失礼ですが、海の下の町に、ゆかりの方ですか？」

話しかけると、奥さんらしき女性は、詮索されることを躊躇するように、ご主人の顔をうかがった。

「私の故郷です。両親が住んでいました」

男性が答える。両親との不和で長く帰らずにいた故郷が、突然の海の襲来で、二度と帰れぬ場所になってしまったのだ。それ以来、年に一度、二人でここを訪れているそうだ。

「下らないわだかまりに拘泥《こうでい》せず、もっと何度も帰っておけばよかった……。そう思います」

後悔を言葉に乗せることを潔しとしない、乾いた声であった。

「ですが、故郷がこんなことにならなかったら、そう思うこともなかったでしょうね」

誰にとっても、久しぶりの故郷の風景は変わって見えるものだ。だが、彼ほどその姿が様変わりした者もいないだろう。

海から吹き上がった風が、夫婦の髪を揺らした。

「町は姿を消しましたが、この風だけは昔のままです……」

いっそその風すら変わっていてくれれば、心残りも少ないのではないだろうか。

「いつでも私たちは、取り戻せなくなってから後悔するんでしょうね」

わずかな波が、水面《みなも》に映り込んだ夕映えの空を千々に切り分ける。ほんの一瞬で、景色は夜へと移し替えられた。夫婦は背筋を伸ばし、居住まいを正した。

水面に一つ、また一つと明かりが灯ってゆく。それは次第に線となってつながり、やがて一本の「道」をつくり上げた。歩行技師の東田が、「歩み」によって海に刻んだ道の記憶に、形を与えるように。

商店街組合の黒田が遊覧船をチャーターして、灯籠の明かりを灯しているのだ。

声を上げることができない者の、無言の追悼。

それが光となって、想いの帯をつくる。

私は確かに、商店街の賑わいを見た気がした。

◇

私は最後に海辺に向かった。唯一の船着き場以外、海はすべて高いフェンスで囲われており、人を容易に近づけようとしない。寄せては返す波は、ずっと前からそこにあるように揺るぎなく、海に沈んだ町がもう決して取り戻せないことを冷然と伝える。

岸辺に埋もれる岩は、かつてはどこかの庭石だったのであろう。運命の変遷に抗うこともできず、今はただ、自らを洗う波に、少しずつ削られてゆく定めを受け入れている。

失われたものへの人の記憶は、次第に薄れてゆく。いつまでも永遠に覚えていられるわけではない。それでは、次の世代に語り継ぐことに意味はないのだろうか?

語り部の老女は、連綿と受け継がれた集落の口伝《くでん》を、幼な子たちの前で夜な夜な紡ぎ出す。何が残され、何が消えていくのかは、我々「今」の世代にはわからない。次の世代、その次の世代へと受け継がれるものは、ほんのわずかだ。それすらも正確に伝わるとは限らないし、間違って伝わったとしても、正す手段はない。

それでもなお、人は語り継ぐ。たった一つの記憶でも残ってくれればと願いながら、人は想いをつないでゆくのだろう。

この海は、「語られないこと」によって、未来に語り継がれる海なのだ。

終わりに

もう二十年、求められるままに、さまざまな人物、事件、出来事を取材し、文章の形で世に出してきた。それはルポルタージュであり、紀行文であり、時にエッセイや雑文といわれるものでもあった。

請け負い仕事ゆえに、意に沿わぬ結論へと導くための文章を書かざるを得なかったこともあり、糊口《ここう》を凌《しの》ぐために受けた仕事もある。

もっとも、それが苦痛であったわけではない。普段の生活では及び知ることもできない出逢いと発見の連続であり、刺激に満ちた日々でもあった。

だが、目の前に次々と積まれる荷物をひたすら片付け続けるような毎日を過ごすうち、心の奥底に「滓《おり》」のようなものが少しずつ蓄積していることにも気付いていた。

それは列車の窓外を一瞬で過ぎ去った風景に似ている。取り戻せないとわかっていながら、常に「見逃してしまったこと」「過ぎ去ってしまったもの」への、後悔や心残りを抱え続けていたのだ。

二十年という節目を迎えて、私は初めて立ち止まり、通り過ぎてしまった場所へと自分の足で戻ってみた。その結果が、今回収録した六つの記録である。

はっきり言って脈絡はない。細々と継承された伝統工芸、埋もれようとしている技術、忘れ去られようとしている出来事……。いずれも、この二十年のルポライター生活で、商業ベースの仕事としては取材することが叶わなかった、「気になる存在」ばかりだ。

只見通観の只見社長は、自らのつくる通勤観覧車を、このように評した。

――失われても気にもされないもの。かつてそこに存在したことすら、誰にも思い出されないもの――

今回私が取材した人物、そのつくりだしたものや活動は、いずれも、その言葉に集約されるであろう。

いつか消えゆくことが運命付けられたものを取材し、記録として残す意味はあるのだろうか？　それは人の人生に意味はあるのかと問うようなものだ。

我々自身が、いつか失われ、忘れられゆく存在なのだから。

だからこそ、私は求め続ける。失われる運命にあるがゆえに、心を揺さぶる瞬間を。列車の外を過ぎ去る何気ない風景が、取り戻せない一瞬だからこそ輝くように。

通り過ぎるだけの私に彼らが語ったこと、見せてくれたものは、ほんのわずかでしかない。人生の「断片」に過ぎないだろう。だが、原石の切り取り様によって宝石の輝きがさま変わりするように、人もまた、断片に光をあてればキラリと浮き立つ。その輝きの瞬間を見極めることこそが、私の仕事であり、使命であり、目指すべき到達点でもある。

実際、取材対象を六つに絞るのは至難の業であった。まだまだ、私の人生を通り過ぎていった、心惹かれる存在は数多い。

「失われた角《つの》」を人に施す再生家。存在しないはずの国から流れ着く漂着物。つくられた製品が一切外に出ず、工場内だけで循環し続ける百パーセントリサイクル工場などなど……。

これからも私の旅は続く。いずれ再び立ち止まり、通り過ぎてしまった「何気ない風景」を訪れることもあるだろう。その一瞬の輝きを、逃すことなく捉えられるよう願うばかりだ。

私の「わがまま」を聞き届けてくださった編集者の酒井氏、豊沼氏に、この場を借りてお礼を申し上げる。お二人の助力なくして、一冊の本の形にすることはできなかっただろう。

最後になるが、何の見返りもなく取材に応じてくれた、名もなき「彼ら」に、心からの感謝を捧げたい。こうしている今も、彼らはすり減ることもない球を磨き、何に使われるとも知れない部品をつくり、どこにも行けない観覧車を回し続けている。そして私はまた、目の前に積まれた荷物をひたすらに片付けるような毎日に戻ってゆく。

それぞれの、ささやかな人生の日々は続く。

参考文献

■玉磨き

『現代格子硝子考　―歪みの美―』……許斐隆昌・著　香林山書房
『網越町史』……網越町教育委員会・編著　網越町
『遠見別三国御領記』……遠見分市古書収蔵館・所蔵　遠見分市
『遠見分日報　縮刷版』……遠見分日報社・編　遠見分日報出版局
『伝統産業の諸相』……福田巧・大矢薫子・共著　瑞学舎

■只見通観株式会社

『只見通観社史』……只見通観社史編纂室・編　只見通観株式会社
『都会の異相　―象さん滑り台から通観まで―』……藪坂鳴敏・著　優樹出版
『回転文化の変遷』……横石鏡子・著　ねじめ書房
『下り451列車の光』……川ノ口純也・著　オフィス・KL

■古川世代

『プライム・ゲート』二三三号　特集「今、時代は古川世代！」……田所公博・著　旧都ウィークリー
『テレビ発ブームを追う！』……日高敏雄・山中鯨次・共著　濃林社

『それでも投げ抜いた男　―正統を貫いた投手、山下徳春―』……永江一輝・著　球ブックス
『禁止と自粛の境界線　―禁じられずに消えたものの行方―』……若山作次郎・著　希厘出版

■ガミ追い

『ガミと共に生きる』……中村桂一郎・著　野添新社
『異界風聞史』……横田明和・著　朱雀出版
『見えないナニカの博物館』……城ヶ崎勝市・著　カリタス出版社

■分業

『伝統産業資料集成49　鈴陰扇』……大泉榊・編　国立双書
『ハイブリッド・ヒッキー　―閉鎖世界の超越者たち―』……杉山カスミ・著　「月刊蚕」出版局

■新坂町商店街組合

『新坂町史』……新坂町史編纂委員会　新坂町
『災害防災白書』……国土保全省・編　国書印刷局
『商店街の痕跡を捜して』……平沼健二・著／上利潤・写真　南北企画
『望まれない海、隔たれた海』……塩見純也・著　長良新書

【三崎亜記】—— Aki Misaki

1970年福岡県生まれ。熊本大学文学部史学科卒業。2004年「となり町戦争」で第17回小説すばる新人賞を受賞し、デビュー。日常の延長が奇妙に歪む独自の作風で注目される。直木三十五賞、三島由紀夫賞の候補ともなった同作は、映画化もされベストセラーに。著書に『バスジャック』『失われた町』『廃墟建築士』『コロヨシ!!』『海に沈んだ町』『逆回りのお散歩』他。

この作品は「パピルス」2011年6月号、10月号、2012年2月号、6月号、10月号、2013年2月号に掲載されたものを、加筆修正したものです。

※本作品はすべて作者の創作です。

玉磨き

2013年2月25日　第1刷発行

著者——**三崎亜記**

発行者——**見城 徹**

発行所——**株式会社 幻冬舎**

〒151-0051東京都渋谷区千駄ヶ谷4-9-7

電話　03(5411)6211(編集)

03(5411)6222(営業)

振替00120-8-767643

印刷 製本所——**中央精版印刷株式会社**

検印廃止

万一、落丁乱丁のある場合は送料小社負担でお取替致します。小社宛にお送り下さい。本書の一部あるいは全部を無断で複写複製することは、法律で認められた場合を除き、著作権の侵害となります。定価はカバーに表示してあります。

ISBN978-4-344-02339-0 C0093

幻冬舎ホームページアドレス　http://www.gentosha.co.jp/

この本に関するご意見・ご感想をメールでお寄せいただく場合は、comment@gentosha.co.jp まで。